NUR DIE LIEBE HEILT EIN HERZ

MARION KUMMEROW

Übersetzt von
ANNETTE SPRATTE

Nur die Liebe heilt ein Herz

Spin-off der Reihe Kriegsjahre einer Familie

ISBN der Printausgabe: 978-3-948865-58-0

Herstellung und Verlag:

Marion Kummerow
c/o WirFinden.Es
Naß und Hellie GbR
Kirchgasse 19
65817 Eppstein

Übersetzung: Annette Sprotte

Titelbildgestaltung: http://www.StunningBookCovers.com

Dieses Buch basiert auf historischen Begebenheiten, historische Persönlichkeiten und Vorfälle wurden sorgfältig recherchiert und wiedergegeben.

Die Namen der Hauptpersonen und die Handlung sind frei erfunden. Ähnlichkeiten mit lebenden oder realen Personen sind rein zufällig.

KAPITEL 1

Juli 1945 in der Nähe von Lodz in Polen

Stan Zdanek starrte auf die verkohlten Reste seines elterlichen Bauernhauses und schluckte mehrmals, doch der Kloß in seinem Hals wollte einfach nicht herunterrutschen. Erinnerungen drohten ihn zu überwältigen. Die glückliche Kindheit, die er mit seinem Zwillingsbruder Jarek und seiner jüngeren Schwester Katrina hier verbracht hatte. Die drei hatten nichts als Unfug im Kopf gehabt.

Jarek ist tot, dachte er verbittert. Seine Schwester hatte er seit jenem schicksalhaften Tag nicht mehr gesehen, an dem sie Hals über Kopf fliehen mussten, nachdem sie ihrer jüdischen Schwägerin Agnieszka geholfen hatten, aus dem Getto in Lodz zu flüchten. Hatte irgendjemand in seiner Familie den brutalen Krieg überlebt? Würden sie eines Tages auf den Hof zurückkehren? Würde das Leben jemals wieder werden wie früher? Würde *er* je wieder glücklich sein?

Hadernd mit seinem Schicksal blickte er hinunter auf sein Holzbein. *Verfluchter Krieg! Verfluchte Nazis!* Ein Schauder des Selbstmitleids, gepaart mit Wut, schüttelte ihn, woraufhin Stan die Faust in den Himmel reckte. Ein martialischer Schrei verließ seine Kehle, während sein Blick über die Felder hinterm Haus streifte, die bis an den Waldrand reichten. Um diese Jahreszeit sollten sie in voller Pracht stehen, die schwere Last der Frucht tragen, um im kommenden Winter hungrige Münder zu stopfen. Doch die Felder lagen brach. Unkraut überwucherte die Flächen, wo normalerweise Weizen, Mais und Kartoffeln wuchsen.

Mühsam umrundete er das kleine Bauernhaus, kletterte über abgestürzte Ziegel und Dachbalken. Er schirmte die Augen vor der sengenden Sonne ab und sah hinauf zum Dach, das riesige Löcher aufwies, genau wie die vordere Hauswand. Seine Lider verengten sich zu Schlitzen, als er den Schutthaufen am Boden wahrnahmen.

Glühende Wut fuhr über seinen Rücken. Als sei es gestern gewesen, durchlebte er die Szene von neuem, wie die Nazis das Haus angezündet hatten. Der Brandgeruch hing in seiner Nase, obwohl seitdem mehr als ein Jahr vergangen war. Ein Jahr, das ihm wie ein ganzes Leben vorkam. Er schnaubte verächtlich, während der Jähzorn sein Blut brodeln ließ.

Wenn doch nur –

Wenn die Dinge doch nur anders gelaufen wären.

Wenn er doch nur nicht angeschossen und gefangen genommen worden wäre.

Wenn er doch nur sein verdammtes Bein noch hätte.

Er war nach Hause zurückgekehrt, in der Hoffnung – worauf? Dass er mit dem Krieg abschließen konnte? Offiziell herrschte seit Deutschlands bedingungsloser Kapitulation am 8. Mai Frieden, aber Stans Seele war in Schmerz, Groll und Verzweiflung gefangen. Er hatte gehofft, dass die Heimkehr sein Gefühlschaos lindern würde. Doch jetzt, wo er die verkohlten Überbleibsel seines Elternhauses anstarrte, schalt er sich selbst einen Tor.

Mit einem verzweifelten Schrei hämmerte er eine Faust gegen die Wand, sodass Putz abbröckelte. Von dem Haus war nicht mehr viel übrig, schon gar keine Erinnerung an glücklichere Tage.

Stan betrat das Innere durch ein gähnendes Loch in der vorderen Wand, wo früher die Tür in ihren Angeln gehangen hatte. Schutt, Staub, Dreck und halb verrottetes Laub bedeckten den Boden zusammen mit den Hinterlassenschaften der Nagetiere, die in dem Gebäude Zuflucht gefunden hatten.

Ein weiteres Stöhnen kam aus seiner Kehle, doch diesmal wusste er es besser, als gegen die beschädigte Wand zu hämmern. Es würde wochenlange Schinderei brauchen, bevor er diese Ruine als Haus bezeichnen konnte. Der Küchentisch aus massivem Holz war zusammen mit allen anderen Möbeln im Untergeschoss zu verkohlten Resten verbrannt. Nur der gemauerte Herd aus Ziegelsteinen und Metall hatte mehr oder weniger unbeschadet überlebt.

Zögernd – und das nicht wegen seines Holzbeines – betrachtete er die Treppe zum Obergeschoss. Wie viel Zerstörung würde er dort vorfinden? Beklommen stieg er die Steinstufen hoch, einen langsamen, bedächtigen Schritt nach dem anderen. Grelles Sonnenlicht blendete ihn, als er das dachlose Obergeschoss betrat.

Die Wände schienen in einem brauchbaren Zustand zu sein, doch ohne das schützende Dach waren die Zimmer das ganze Jahr über den Elementen ausgesetzt gewesen. Reste von

Vogelnestern übersäten den Fußboden. Die Stützbalken im Dachstuhl waren verkohlt. Er müsste sie ersetzen lassen, ehe er überhaupt daran denken konnte, das Dach zu reparieren.

Eine Welle der Hilflosigkeit überrollte ihn und verwandelte sich in rasenden Zorn. Er konnte das nicht. Er konnte nicht einmal sein eigenes Dach reparieren. Er war kein richtiger Mann mehr. Mit der Hand fuhr er sich durch den dichten blonden Vollbart, drehte sich um und stieg vorsichtig wieder nach unten.

Die meisten Fenster im Erdgeschoss waren zerstört, Glassplitter bedeckten den Boden. Soweit er erkennen konnte, war der einzige intakte Teil des Hauses die winzige Nische unter der Steintreppe, die gerade groß genug für eine kleine Person war, um sich darunter auszustrecken. Er war zu groß und würde sich einen anderen Schlafplatz suchen müssen.

Ernüchterung schlug ihm auf den Magen und er floh durch die verkohlten Reste der Hintertür in den Garten, wo er mit offenem Mund stehen blieb. Der Gemüse- und Kräutergarten seiner verstorbenen Mutter stand in voller Blüte. Tiefrote Tomaten hingen in dicken Rispen an den Pflanzen. Ihr süß-herber Geruch ließ ihm das Wasser im Mund zusammenlaufen und erinnerte ihn daran, dass er den ganzen Tag nichts gegessen hatte.

Er betrat den von einer Steinmauer umgebenen Garten und pflückte eine Tomate. Die warme saftige Frucht zerging ihm auf der Zunge. Die Beete quollen über von grünen Bohnen, Zuckererbsen, Kohl in jeglicher Form und Farbe, Pflanzen, die er als Karotten, Kartoffeln und Radieschen erkannte. Ein Lächeln erschien auf seinen Lippen, als er die hellroten Johannisbeeren an einem uralten Busch in der Ecke des Gartens entdeckte. Doch bei der Erinnerung daran, wie Jarek und er sich um das letzte Stück von Mutters selbstgebackenem Streuselkuchen gestritten hatten, verschwand es sofort wieder.

Er würde nie wieder mit seinem Zwillingsbruder streiten.

Noch während er sich fragte, wieso die Pflanzen alle so prall aussahen, bemerkte er die verbeulte, rostige Gießkanne, die ordentlich neben dem Brunnen stand und augenscheinlich regelmäßig benutzt wurde. Jemand musste sich um den Garten kümmern. Der Drang zu pinkeln trieb ihn dazu, nicht länger über dieses Mysterium zu grübeln, sondern stattdessen den Abort am anderen Ende des Gartens aufzusuchen. Auf dem Weg zurück zum Haus fiel sein Blick auf den Werkzeugschuppen, den das Feuer verschont hatte.

Er ging darauf zu und fand den Schuppen leer vor, abgesehen von einigen Werkzeugen. Die Wände und das Dach waren intakt, also beschloss er, ihn erst einmal zu seinem Heim zu machen. Der Schuppen würde ihn ausreichend vor Wind und Wetter schützen, zumindest bis zum Winter. Stan schüttelte unwirsch den Kopf. Über den Winter würde er sich Sorgen machen, wenn es so weit war.

Mit grimmiger Miene kehrte er zum Haus zurück, wo er seinen Armeerucksack abgestellt hatte. Er enthielt zwei Sätze Wechselkleidung, einen dünnen Schlafsack, Zahnbürste, Rasierzeug und etwas Proviant. Abgesehen von dem Dolch, den er ständig in einer Scheide am Gürtel trug, sowie einigen Zloty-Scheinen, befand sich sein gesamter Besitz in diesem Rucksack.

Und jetzt kam natürlich der Bauernhof der Familie dazu. Sein älterer Bruder Piotr war in Berlin geblieben, um dort sein Glück zu versuchen ... und Jarek war tot ... also blieben nur Katrina und er. Von Katrina hatte allerdings seit dem Feuer niemand mehr etwas gehört oder gesehen und er befürchtete, dass sie nicht mehr am Leben war.

In der Küche angelangt, fiel sein Blick auf die gut versteckte Falltür, die sein Vater vor dem Krieg eingebaut hatte. Er stemmte die festgeklemmte Klappe auf und starrte hinab in das gähnende schwarze Loch. Soweit er erkennen konnte, hatte die geheime Vorratskammer den Brand schadlos überstanden.

„Verdammte Scheiße!" In der Vorratskammer waren eine Laterne sowie jede Menge Vorräte, aber wie bitte sollte er die Leiter hinuntersteigen? Das laute Knurren seines Magens beschleunigte die Entscheidung, den Abstieg zu versuchen. Seinen Rucksack leerte er aus, ehe er ihn aufsetzte. Nur mit der Kraft seiner Arme ließ er sich in das Loch herabrutschen und fühlte mit seinem gesunden Bein nach Halt.

Sobald er sicheren Boden unter sich hatte, drehte er sich um und tastete im Halbdunkel nach der Laterne, die er an ihrem gewohnten Platz vorfand. Sekunden später ertastete er die Zündhölzer direkt daneben.

Als die Flamme den Raum erhellte, dachte er für einen Moment, er wäre im Himmel gelandet. *Danke, Katrina!* Seine Schwester hatte die Vorratskammer vollgestopft mit Lebensmitteln in Dosen, Säcken voll Mehl, Kartoffeln, Einmachgläsern mit Früchten, Beeren und Gemüse. Außerdem fand er einen Kanister mit Petroleum für die Laterne sowie mehrere Flaschen Wodka.

Er packte Proviant und eine Flasche Wodka in seinen Rucksack, stellte die Laterne zurück auf das Regal am Eingang, löschte sie und hievte sich die Leiter hinauf, wobei er sich hauptsächlich auf seine Arme stützte. Sobald er wieder festen Boden unter sich hatte, setzte er sich auf den schmutzigen Küchenboden, wischte sich den Schweiß von der Stirn und blickte finster auf sein Holzbein, das nutzlos an seinem Stumpf hing.

Mit der Unterstützung der Krankenschwestern in der Charité in Berlin hatte er gelernt, mit dem Holzbein zu laufen, Treppen zu steigen und sogar zu rennen, doch so einfache Dinge wie eine Leiter hochzuklettern waren zu schier unüberwindlichen Hindernissen geworden.

Wie oft hatte er sich schon gewünscht, lieber zwei Meter unter der Erde zu liegen, statt als Krüppel zu leben? Nur die Beharrlichkeit seines Neffen Janusz und Piotrs zweiter Frau Anna hatten ihn davon abgehalten, Ernst damit zu machen.

Er stellte seine Errungenschaften auf den Herd, schnappte sich die Flasche Wodka sowie zwei Dosen Fleisch und ging hinaus auf die Veranda, wo er die erste Dose mit seinem Dolch öffnete. Er aß mit dem Hunger eines Menschen, der seit Jahren nicht richtig satt geworden war, und wischte sich den Mund mit dem Handrücken ab. Ehe er das Fleisch aus der zweiten Dose verschlang, öffnete er den Wodka, setzte die Flasche an die Lippen und nahm einen langen Zug.

An die Außenwand des Hauses gelehnt saß Stan da und schloss die Augen, während der Alkohol sich in seinen Magen brannte. Obwohl es schon spät am Nachmittag war, stand die Sonne noch hoch am Himmel und würde erst gegen zehn Uhr abends untergehen.

Er leerte die zweite Dose Fleisch, nahm immer größere Schlucke Wodka und wünschte sich, er könnte genug trinken, um den dumpfen, pochenden Schmerz in seinem Stumpf und in seiner Seele zu betäuben. Irgendwann ging die Benommenheit in einen Vollrausch über und seine Stimmung stürzte in den Keller. Die eisige Kälte von Einsamkeit und Verzweiflung erfasste ihn und breitete sich allmählich in seinem Körper aus, bis sie von jeder Zelle Besitz ergriffen hatte.

Gefühle, die schon viel zu lange in ihm gefangen waren,

brachen durch seinen Schutzwall aus Selbstbeherrschung. Mit einem tiefen Seufzen hörte er auf, dagegen anzukämpfen. Tränen flossen und verwandelten sich in erschütternde Schluchzer, während er um alles weinte, was er verloren hatte. Sein Bein. Seine Zukunft. Sein Glück.

Er weinte um alle, die gestorben waren. Seine Eltern. Sein Zwillingsbruder. Sein bester Freund Bartosz. Ludmila, die jüdische Frau seines Bruders. Die freundliche Hebamme Magda. Und so viele andere.

„Warum?", brüllte er und reckte die Hand mit der halbleeren Flasche in die Höhe.

Dann sackte er in sich zusammen und kippte mehr Wodka in den Mund, während er sich seine Zukunft in den düstersten Farben ausmalte. Er würde seine Tage allein verbringen müssen, denn keine Frau wollte sich an einen Krüppel binden. Obwohl er noch so jung war, kaum siebenundzwanzig, würde er nie mehr das Vergnügen haben, bei einer Frau zu liegen. Die Vorstellung ließ ihn unter einer weiteren Welle von Schluchzern erschüttern, bis er schließlich betrunken und erschöpft in einen gequälten Schlaf fiel, auf der Veranda sitzend, das Kinn auf der Brust und den Rücken an die Wand gelehnt.

„Stan!", rief eine Stimme.

Stan öffnete die Augen zu winzigen Schlitzen, schloss sie jedoch sofort wieder, als das blendende Sonnenlicht seine Pupillen traf und lähmende Schockwellen des Schmerzes in seinen Kopf jagte.

„Stan? Geht es dir gut?", beharrte die Stimme und kleine Hände packten seine Schultern.

Stan versuchte sie abzuschütteln, in der Hoffnung, dass, wer auch immer ihn aus dem Schlaf reißen wollte, ihn in Ruhe ließ und aufhörte zu schreien. Die hohe, schrille Stimme jagte Nadelstiche in jede Nervenzelle seines Kopfes und Stan kämpfte gegen einen Brechreiz an.

Die andere Person hörte einfach nicht auf. Deshalb fluchte Stan schließlich und öffnete vorsichtig die Augen. Allmählich rückte die vor ihm stehende Person in den Fokus. Stan brauchte viel zu lange, um den Nachbarsjungen Tadzio zu erkennen, der mit besorgter Miene auf ihn herabschaute.

„Tadzio, bist du das?", fragte Stan.

„Ja. Du bist zurück! Du hast überlebt!" Der Junge machte Anstalten, ihn zu umarmen, also hob Stan eine Hand, um ihn auf Abstand zu halten.

„Langsam. Ich bin etwas mitgenommen." Stan rieb eine dreckige Hand über seinen Bart und verzog das Gesicht bei dem Schmerz, der auf die Bewegung folgte.

Tadzios Blick fiel auf die leere Flasche und er starrte Stan an. „Hast du das alles getrunken?"

„Ich vermute, das war etwas zu viel", sagte Stan und versuchte ein kleines Grinsen. Doch selbst diese minimale Bewegung trieb grässliche Nadelstiche in seinen Kopf. „Was machst du hier?"

Tadzio grinste und zeigte auf den Gemüsegarten. „Ich wollte die Pflanzen gießen und Unkraut jäten."

„Der Garten war deine Arbeit?", fragte Stan und betrachtete den Jungen eingehend. Wie alt mochte er sein? Zehn? Elf? Sicherheitshalber fragte er: „Wie alt bist du eigentlich?"

„Dreizehn. Fast ein Mann." Tadzio schob stolz die Brust vor.

Naja, da fehlt noch was. Weil er Tadzios Stolz nicht verletzen wollte, behielt er seine Meinung für sich.

„Tut mir leid wegen des Hauses. Wir konnten nichts machen, solange die Nazis da waren. Wenigstens hat das Feuer nicht auf den Garten und den Schuppen übergegriffen. Als die Soldaten endlich verschwanden, haben meine Mutter und ich die Glut gelöscht." Der Junge zuckte entschuldigend mit den Schultern. „Wir haben das Obst und Gemüse gegessen und euren Garten genutzt ..."

Stan sah von dem üppigen Garten zu dem Brachland hinter der Steinmauer und sagte: „Das ist schon in Ordnung. Das Essen hätte keinem genutzt, wenn es verrottet wäre, nicht wahr?" *Auch wenn ich sehr gern ein oder zwei Bissen gehabt hätte, als ich letzten Winter in diesem höllischen Kriegsgefangenenlager beinahe verreckt bin.*

„Ja, oder? Das hat meine Mutti auch gesagt. Wir haben die ganze Zeit gehofft, dass du und Katrina zurückkommen. In der Zwischenzeit haben wir uns um den Garten gekümmert."

Stans Gesicht verdüsterte sich bei der Erwähnung seiner Schwester. Er hatte noch immer keine Ahnung, ob sie am Leben war. Die Ungewissheit setzte ihm zu und zerrte an dem, was von seinem Herzen übrig war. Diese Unsicherheit war schlimmer, als traurige Gewissheit zu haben ... Er sah an Tadzio und dem üppigen Garten vorbei zu den Feldern voller Unkraut. Es würde einen Herkules-Akt erfordern, den Boden für die Saat vorzubereiten. Außerdem war es viel zu spät im Jahr für Getreide oder Kartoffeln. Der Zug war vor Monaten abgefahren. Wenn er direkt nach der Kapitulation im Mai hergekommen wäre ... dann hätte er im Herbst vielleicht eine Chance auf eine ordentliche Ernte gehabt.

„Wir brauchen Nahrung für den Winter", murmelte Stan vor sich hin.

„Ich helfe dir."

Stan starrte den Jungen überrascht an. „Du?"

„Ja, ich. Ich bin schon dreizehn. Wenn du mir beibringst, wie es geht, wirst du sehen, was für eine große Hilfe ich bin."

„Gut, dann lass uns gleich anfangen." Stan kämpfte sich mühsam auf die Füße. „Kannst du mir etwas Wasser holen?"

Tadzio nickte und lief los. Kurz darauf kehrte er mit einem Eimer voll frischem, klarem Wasser zurück.

„Der Brunnen funktioniert noch?", fragte Stan überrascht. Er trank einige Schlucke aus seiner Hand, ehe er sich mit einer weiteren Handvoll das Gesicht wusch.

„Das war nicht leicht zu reparieren. Meine Mutti hat den alten Jakub gebeten, uns zu helfen."

Stan erinnerte sich vage an den Mann, der etwa anderthalb Kilometer die Straße runter wohnte. Er war schon steinalt gewesen, als Stan ein Kind war, und er fragte sich, wie der alte Mann es geschafft hatte, den Krieg zu überleben.

Stan goss sich das restliche Wasser über den Kopf und schüttelte sich. Dabei bekam Tadzio einige Spritzer ab und sprang quietschend davon.

„Willst du was essen? Ich habe Brot dabei", bot Tadzio an, wobei er ein Tuch aus der Tasche zog, worin eine dicke Brotscheibe eingewickelt war.

Bei dem Anblick lief Stan das Wasser im Mund zusammen und er nickte eifrig. Tadzio brach ein Stück Brot ab und reichte es ihm. Nachdem er den letzten Krümel vertilgt hatte, klopfte Stan sich die Hände auf den Oberschenkeln ab. „Dann machen wir uns besser an die Arbeit."

KAPITEL 2

Agnieszka stand in der Schlange vor dem Büro des Roten Kreuzes in Warschau. Sie rang die Hände, ehe sie sie fest zusammenfaltete und tief durchatmete. Wie jeder andere in der Schlange trug sie eine Liste mit Namen von Freunden und Verwandten bei sich, hoffend, betend, sehnend, dass einige von ihnen noch am Leben waren.

Bomben hatten ihre Eltern während Hitlers Invasion 1939 getötet und sie hatte ihre sterbende Schwester Ludmila im jüdischen Getto in Lodz in den Armen gehalten. Doch vielleicht hatten einige ihrer Onkel, Tanten und Cousins überlebt. Oder wenigstens jemand aus Piotrs Familie, dem katholischen Ehemann von Ludmila.

Ein markerschütternder Aufschrei vom vorderen Ende der Schlange lenkte ihre Aufmerksamkeit auf ein junges Paar. Der Mann hatte die Arme um die Schultern der Frau gelegt, die sich verstohlen die Tränen abwischte. Eine weitere gepeinigte Seele, die jegliche Hoffnung gegen die düstere Gewissheit eingetauscht hatte, dass ihre Liebsten umgekommen waren.

Agnieszka war sich nicht sicher, was schlimmer war: die Ungewissheit oder sicher zu wissen, dass der Tod seinen Schatten an ihre Tür geworfen hatte. Als sie an der Reihe war, schluckte sie die eisige Panik herunter, die ihr die Kehle zuschnürte, und gab den Angestellten die Namen, Geburtsdaten und letzten bekannten Aufenthaltsorte – in den meisten Fällen war das ein Konzentrationslager – ihrer Verwandtschaft. Einen nach dem anderen. Jedes Mal durchsuchte die Frau hinter dem Tresen ihre vielen Listen, bis ihr Finger auf einem Namen zum Halten kam, sie Agnieszka traurig anschaute und sagte: „Verstorben."

Die gesamte Familie Soban war ausgelöscht worden. Agnieszka brauchte ihre ganze Kraft, um an Ort und Stelle stehen zu bleiben, anstatt auf dem Absatz umzukehren und wegzurennen. Wohin sollte sie auch gehen? Nachdem die Frau den letzten Namen von Agnieszkas jüdischen Verwandten gesucht hatte, schüttelte sie wieder den Kopf und sagte: „Es tut mir leid, aber es gibt nicht viele Juden, die überlebt haben. Suchen Sie vielleicht noch jemand anderen?"

„Ja. Die Schwiegerfamilie meiner Schwester. Sie sind Katholiken."

Die Frau suchte und suchte, erst nach Ludmilas Mann Piotr Zdanek und ihrem Sohn Janusz, dann nach seiner Schwester Katrina, aber sie schüttelte jedes Mal den Kopf. „Es tut mir leid, hier ist nichts. Fragen Sie in ein oder zwei Monaten wieder. Wir bekommen jeden Tag neue Informationen."

„Was ist mit Stanislaw Zdanek? Er war bei den polnischen Partisanen."

Die Frau suchte wieder, bis ihr Finger auf der Liste anhielt. Agnieszka hielt den Atem an. *Bitte. Bitte. Bitte.*

„Es tut mir leid ...", sagte die Frau und Agnieszka sackte beinahe in sich zusammen. „... das ist sehr seltsam. Hier ist ein

Stanislaw Zdanek. Er war als Kriegsgefangener in einem Feldlazarett in Berlin. Dann ist er verschwunden. Seit Mai dieses Jahres gibt es keine Spur von ihm."

Agnieszka stieß den Atem aus und schluckte das Verlangen herunter, genauso zu schluchzen, wie die Frau von dem Paar vorhin. Sie richtete sich auf und lächelte die Rot-Kreuz-Angestellte traurig an. „Danke trotzdem."

Als sie ihren Platz für den Nächsten in der Schlange räumte, schlich sich ein Hoffnungsschimmer in ihr Herz. Da keiner von den Zdaneks tot gemeldet war, konnten sie noch am Leben sein.

In diesem quälenden Moment entschied sie, dass Ungewissheit definitiv besser war, als mit Sicherheit zu wissen ...

Sie heftete den Blick auf ihre Füße und vermied es, den anderen Wartenden in die Augen zu sehen. Agnieszka brauchte deren Mitleid nicht. Und noch weniger konnte sie es ertragen, wenn diese ihrem Blick auswichen, weil die Menschen den Schmerz nicht sehen wollten, von dem Agnieszka wusste, dass er ihr ins Gesicht geschrieben stand. Nach den Gräueln des Krieges hatten die meisten zu viele Qualen erlitten, um noch Empathie für Fremde aufzubringen. Niemand hatte noch die Kraft, sich den Schmerz der anderen aufzubürden.

Den Kopf hoch erhoben und um ihre Selbstbeherrschung kämpfend, verließ sie das Rot-Kreuz-Büro. Es war ja nicht so, dass die Nachrichten unerwartet kamen. Agnieszka hatte mehrere Jahre erst im Lodzer Getto und dann in einem Arbeitslager verbracht und kannte die Fakten. Es war ein Wunder, dass sie überlebt hatte.

Die Erinnerung an ihre Flucht aus dem Getto, nur wenige Tage vor dessen Liquidierung, mithilfe von ausgerechnet einem deutschen Soldaten – Katrinas Freund Richard –, traf sie mit voller Wucht. Ihre Atmung wurde schnell und flach, bis schwarze Flecken vor ihren Augen tanzten und sie sich schnell nach vorn beugte, um nicht ohnmächtig zu werden.

Nach einigen langsamen Atemzügen richtete sie sich wieder auf und blickte hinauf zur Sonne, die an diesem heißen Sommertag hoch am Himmel stand. *Ich bin die einzige Überlebende meiner Familie. Warum ausgerechnet ich?*

Ein Schauder lief ihr über den Rücken. *Und jetzt? Was jetzt?* Sie hatte keine Ahnung, was sie tun oder wohin sie gehen sollte. In diesem Augenblick der Schwäche wünschte sie sich, denen zu folgen, die ihr vorausgegangen waren. Doch dann ballte sie die Hände zu Fäusten und grub die Fingernägel tief in die weiche Haut ihrer Handballen.

Sie hatte keine sechs Jahre unermesslichen Leids durchgestanden, hatte sich den Nazis nicht mit jedem Atemzug widersetzt, um die Welt jetzt kampflos zu verlassen. Das Leben würde weitergehen. Und Agnieszka war ein Teil davon. Die Vergangenheit konnte sie nicht ändern, aber sie hatte eine Zukunft vor sich – anders als so viele Menschen.

Ihre Füße setzten sich automatisch in Bewegung und trugen sie zum Vertriebenenlager zurück, wo sie seit einigen Wochen lebte. Es ähnelte stark den Nazilagern, in denen sie all die Jahre gefangen gewesen war, allerdings weniger überfüllt, mit anständigem Essen und medizinischer Versorgung. Trotzdem war es immer noch ein Lager und damit kein Zuhause.

Agnieszka sehnte sich nach einem Heim. Nach einem Ort, den sie sich nicht mit Hunderten von Flüchtlingen teilen musste. Als sie ihre wenigen Habseligkeiten begutachtete, wurde ihr klar, dass sie nichts mehr in Warschau hielt.

Freunde und Familie tot, ihre Wohnung zur Ruine zerbombt – nein, es gab nichts, wofür es sich lohnte, hierzubleiben.

Ein tiefer Seufzer drang aus ihrer Kehle. Dann kam ihr eine Idee, die ihre Stimmung so aufhellte wie ein Sonnenstrahl einen Raum. Sie lächelte. Ja, sie würde nach Lodz zum Bauernhof der Zdaneks gehen. Zwar war ihre Schwiegerfamilie vor über einem Jahr zur Flucht gezwungen worden, aber wenn einer von ihnen überlebt hatte, würde er dorthin zurückkehren. Vielleicht fand Agnieszka in Lodz inneren Frieden, in der Gesellschaft von Angehörigen.

Sie packte ihr Bündel, das aus Zahnbürste und Backpulver, einer Haarbürste, einem Stück Seife, zwei Sätzen Unterwäsche und einem verblichenen Kleid bestand. Dann machte die junge Frau sich auf den Weg zum Hauptbahnhof und kaufte eine Fahrkarte für den nächsten Zug nach Lodz.

Der Bahnsteig war voller Menschen, darunter jede Menge sowjetische Soldaten. Ein Schauder schüttelte sie. Es sah so aus, als hätte Polen eine Besatzungsmacht gegen die nächste eingetauscht. *Das ist nur vorübergehend,* dachte sie. *Wenn die Menschen in ihre Heimatorte zurückgekehrt sind und alles wieder in geordneten Bahnen verläuft, werden die Sowjets abziehen. Dann sind wir wieder ein freies Land.*

Einer der Soldaten, der die Fahrkarten kontrollierte, lächelte sie freundlich an. Instinktiv zog sie den Kopf ein, wie sie es so viele Jahre lang getan hatte. Aber der Krieg war vorbei. Agnieszka hatte nichts mehr zu befürchten. Sie würde nicht zulassen, dass die Vergangenheit ihre Zukunft diktierte. Also zwang sie sich zurückzulächeln.

Der Soldat wirkte angenehm überrascht und kam herüber. „Wohin fahren Sie, junge Dame?"

„Lodz", antwortete sie und reichte ihm die Fahrkarte. Trotz

des Vorsatzes, keine Angst mehr zu haben, schlug ihr Herz schneller.

„Ich wünsche Ihnen eine gute Reise", sagte er und winkte sie durch die Schranke.

Eingequetscht wie eine Sardine saß Agnieszka auf der Holzbank im Zug und schwelgte in schönen Erinnerungen an den Bauernhof ihrer Schwiegerfamilie. Vor vierzehn Jahren, mit gerade mal elf, hatte sie mit ihrer Familie den Sommer bei Freunden in Lodz verbracht. Ihre sechs Jahre ältere Schwester Ludmila hatte sich während des Urlaubs unsterblich in Piotr Zdanek verliebt.

Am Ende des Sommers war Ludmila schwanger. Neun Monate später war Piotr nach Warschau gezogen, um mit den Sobans zu leben, hatte Ludmila geheiratet, und ihr Sohn Janusz wurde geboren. Agnieszka lächelte. Von da an hatte sie jeden Sommer mit ihrer Schwester bei der Schwiegerfamilie in Lodz verbracht.

Heiße Tage bei der Feldarbeit; Nachmittage in der großen Küche, wo Mutter Zdanek den Mädchen alles über Heilkräuter sowie Obst- und Gemüseanbau beibrachte; Spaziergänge nach dem Abendessen, bei denen sie über die Zukunft redeten. Und während eines Sommers, als sie sechzehn war, hatte sie sich in Piotrs jüngeren Bruder Jarek verliebt, der zwei Jahre älter war als sie.

Der Krieg hatte diese freudvollen Tage vertrieben. Jarek war tot. Trotzdem nährte Agnieszka eine winzige Hoffnung, dass sie wenigstens einen Teil des Glücks früherer Zeiten wiederfand.

KAPITEL 3

S tan und Tadzio verbrachten die Tage damit, auf dem Feld zu arbeiten. Stans Eltern waren Heiler gewesen, er hatte die Landwirtschaft von seinen Großeltern gelernt. Wenn der Krieg nicht dazwischengekommen wäre, würden er und Jarek den Bauernhof jetzt gemeinsam bewirtschaften.

Verdammte deutsche Hurensöhne.

Immer noch jagte ihm der Gedanke an seinen Zwillingsbruder einen Stich durchs Herz. Stan lehnte sich auf seinen Spaten und wischte sich den Schweiß von der Stirn. Die trockene, steinige Erde in der sengenden Julisonne umzugraben war Knochenarbeit. Beeinträchtigt durch sein Holzbein, verzweifelte er beinahe an den minimalen Fortschritten, die er machte. Ein Blick zu Tadzio zeigte ihm, dass der Junge ihn schon wieder überholt und beinahe doppelt so viel auf seinem Stück umgegraben hatte.

Wut, vermischt mit hilfloser Verzweiflung, brannte sich durch seine Adern, als Stan den drahtigen Knaben mit den langen schlaksigen Gliedmaßen beobachtete, der den Spaten unerbittlich in die Erde trieb. Wenn er nicht einmal mit einem Dreizehnjährigen mithalten konnte, war er wirklich nur noch ein halber Mann.

„Verdammtes Bein", grummelte er vor sich hin und nahm den Spaten wieder in die Hand. Dank des guten Essens, das Tadzios Mutter kochte, sowie der anstrengenden Feldarbeit, waren die Muskeln in seinen Armen und Schultern beinahe wieder so stark, wie vor seiner Gefangennahme. Voller Gram über sein fehlendes Bein, stellte er zumindest fest, dass wenigstens sein Oberkörper der Aufgabe gewachsen war.

Je länger er arbeitete, desto heftiger schmerzte sein Stumpf, und Stan verfiel in mürrisch-zorniges Selbstmitleid. Inzwischen wusste Tadzio es besser, als in der Nähe zu bleiben, wenn die wütende Bestie in Stan erwachte.

„Ich gehe jetzt besser nach Hause und helfe meiner Mutter mit den Hühnern", sagte Tadzio, drückte Stan seinen Spaten in die Hand und sauste davon, ehe Stan auch nur ein Wort sagen konnte. Er starrte auf den Rücken des Jungen und wünschte, er könnte jemanden – irgendjemanden – für all das büßen lassen, was er im letzten Jahr durchmachen musste.

Er biss die Zähne zusammen und arbeitete weiter. Nach einer halben Stunde konnte er nicht mehr und machte Feierabend mit dem Ziel, sich besinnungslos zu besaufen. Anfang der Woche hatte er dafür jede Menge Wodka gekauft. Tagsüber gaukelte er sich vor, dass er ein normales Leben führen konnte, aber wenn die Dämmerung hereinbrach, erwachten die Dämonen und die Gewissheit, ein nutzloser Krüppel zu sein, hing wie eine dunkle Wolke über seinem Kopf.

Warum versuche ich es überhaupt? Auf dieser Welt gibt es nichts mehr für mich. Schon gar kein Glück. Wenn nur ... Nach dem Abendessen, das Tadzios Mutter ihm auf die Veranda gestellt hatte – nach einer Vielzahl wütender Weigerungen seinerseits hatte sie es aufgegeben, ihn zu sich nach Hause einzuladen –, fiel er üblicherweise auf die Matratze im Schuppen und kippte Wodka in sich hinein, bis ihm die Augen zufielen. Oft fragte er sich, ob es sich überhaupt lohnte, wieder aufzuwachen.

Als er langsam mit den beiden Spaten in der Hand zum Haus hinkte, bemerkte er eine zierliche Gestalt, die von der Straße her die Auffahrt heraufging. Er blinzelte in das schwindende Sonnenlicht und erkannte, dass die Person einen Rock trug. Einen Moment lang beobachtete er sie, dann wandte er den Blick ab, um sich wieder auf den unebenen Boden vor ihm zu konzentrieren.

Leute wie sie kamen alle paar Tage vorbei. Vertriebene, die auf der Suche nach Verwandten und Freunden um einen Schlafplatz oder etwas zu essen bettelten. Es schien, als sei halb Europa unterwegs. Flüchtlingswellen rollten von Osten nach Westen und ihnen entgegen kamen andere, die von Westen nach Osten gingen. Treibende Blätter auf einem Meer der Zerstörung.

Als er näherkam, schaute er hoch und stellte überrascht fest, dass die Fremde um das Haus herumgegangen war und den Gemüsegarten betreten hatte. Sie stand mit dem Rücken zu ihm, das ausgebleichte grau-blaue Kleid hing sackartig an ihrem dürren Körper. Fast jeder war heutzutage dünn, besonders die gepeinigten Menschen, die wundersamerweise die Konzentrationslager überlebt hatten, deswegen hatte er keine Ahnung, warum ausgerechnet ihre zerbrechliche Gestalt an seinem Herzen zerrte.

Als er so ihre bedächtigen Bewegungen beobachtete, rührte sich etwas in ihm und er verspürte eine merkwürdige Verbindung. Er nahm sich vor, sie zu fragen, ob er ihr helfen konnte. Bestimmt hatte sie Hunger oder Durst. Stan beschleunigte seine Schritte in der seltsamen Furcht, die zierliche Frau würde vor seinen Augen verschwinden.

Als er nur noch wenige Meter von ihr entfernt war, trat er gegen einen Stein. Das Geräusch ließ sie erschrocken herumfahren. Die Spaten fielen ihm aus den Händen und ihm blieb die Spucke weg. Das war seine Schwägerin!

„Agnieszka? Bist du das wirklich?"

Ihre Miene wurde weich, sie warf sich ihm in die Arme und drückte ihn so fest an sich, dass er fast fürchtete, sie würde ihm die Rippen brechen. „Oh Stan, du bist hier. Ich habe einen Überlebenden gefunden." Ihre Stimme brach und er konnte nicht anders, als ihre langen, dunklen Haare mit seinen schwieligen Händen zurückzustreichen.

„Es ist alles gut. Bei mir bist du sicher", sagte er und hielt sie fest, während sich eine seltsame Erregung in ihm ausbreitete. Es war nicht nur die Freude, dass sie lebte, nein, sein ganzer Körper wurde heiß und brannte vor Verlangen. Sobald ihm seine Gefühle bewusst wurden, überrollte ihn die Schuld. Er sollte sich schämen. Keine Frau verdiente es, mit einem Krüppel wie ihm zusammen zu sein, besonders nicht Agnieszka.

Allerdings brachte er es nicht übers Herz, sie loszulassen, wie es sich eigentlich geziemte. Nicht, wenn er ihre Nähe so sehr genoss, die Wärme des zierlichen Körpers in seinen Armen in sich aufsog. Der Duft von Seife in ihrem Haar ließ ihn zusammenzucken, denn er hatte den ganzen Tag auf dem Feld in der prallen Sonne gearbeitet und stank vermutlich wie ein Iltis. Der Gedanke, sich auszuziehen und zu waschen, trug nicht dazu bei, seine Erregung zu bändigen. Im Gegenteil, lange vernachlässigte Körperteile erwachten plötzlich zum Leben. Voller Scham über seine mangelnde

Selbstbeherrschung trat er schnell einen Schritt von Agnieszka weg.

Sie sah ihn durch ihre langen, schwarzen Wimpern an und Stan beobachtete, wie ihr die Röte über den Hals in die Wangen kroch, ehe sie den Blick senkte und ihr Kleid glattstrich. „Es tut mir leid, dass ich dich so überfallen habe ... es ist nur ... ich dachte ...“

Er verstand genau, was sie gerade durchmachte. Hoffend, betend, dass man einen Überlebenden vorfand. Die Erleichterung. Das Überschäumen der Gefühle. Ein breites Grinsen erschien auf seinem Gesicht und er räusperte sich, um ihr die Nervosität zu nehmen. Stan hatte noch nie gut mit Menschen umgehen können. Das war immer Jareks Aufgabe gewesen. Aber Jarek war nicht mehr. Also sagte er das Erste, was ihm in den Sinn kam: „Du bist bestimmt hungrig.“

„Immer.“ Sie begegnete schüchtern seinem Blick und das zarte Lächeln auf ihrem Gesicht brachte ihn beinahe wieder aus der Fassung.

„Ich auch. Es gibt Suppe. Ich mache sie für dich warm.“ Stan führte sie in die Küche, wo er die Glut im Ofen anfachte. Aus Angst, ihr seine unangemessene Reaktion auf ihre Anwesenheit zu verraten, wandte er sich ab. „Mach es dir auf der Veranda bequem. Ich bringe dir die Suppe.“

Sie öffnete den Mund, um zu protestieren, zuckte schließlich mit den Schultern und verließ die Küche. Plötzlich konnte er wieder atmen. Damals, als sie Jugendliche gewesen waren, hatte er nie etwas an ihr gefunden. Sie war eine gute Freundin gewesen, die jüngere Schwester von Piotrs Frau. Selbst als sein Zwillingsbruder heftig für sie geschwärmt hatte, hatte er nicht verstanden, was Jarek an dem schüchternen, stillen Mädchen fand.

Anders als er, sagte oder tat Agnieszka nie etwas, das

jemanden verletzte. Er war nicht nur der Rebell der Familie gewesen, sondern der ganzen Stadt. Sein aufbrausendes Temperament war überall bekannt und hatte ihm sowohl in der Schule als auch in der Kirche jede Menge Prügel eingebracht. *Ein Rebell. Ich war einer der bewunderten Partisanen, habe für mein Land gegen die Nazischweine gekämpft, und jetzt schau dir an, was aus mir geworden ist.*

Durch das Küchenfenster sah er, wie Agnieszka sich auf den wackeligen Stuhl auf der Veranda setzte. Erst letzte Woche hatte der alte Jakub ihm einen Tisch und zwei Stühle besorgt. Da es so heiß gewesen war, hatte er sie erst einmal auf der Veranda hingestellt.

Sein Blick wanderte durch die große Küche und er wünschte plötzlich, er hätte sich mehr darum bemüht, das Haus aufzuräumen. Bisher hatte er sich darauf konzentriert, die Felder zu bestellen, und im Haus nur das Allernötigste gemacht. Als die Suppe kochte, goss er sie in zwei Schüsseln und ging vorsichtig nach draußen, wobei er in jeder Hand eine Schüssel balancierte.

Kaum trat er auf die Veranda, wehte ihm Agnieszkas lieblicher Duft in die Nase und sein Herz klopfte schneller als sonst.

„Hier ist die Suppe", sagte er und stellte die Schüsseln ab. Dann ließ er sie nochmals allein, um einen Krug Wasser und zwei Gläser zu holen. Auf dem Weg nach drinnen nahm er sich einige Sekunden Zeit, jegliches Verlangen nach ihr aus seinen Gedanken zu verbannen.

„Danke", sagte sie, als er ihr ein Glas Wasser reichte. Dann verschlang sie ihr Essen in einer unglaublichen Geschwindigkeit.

„Bisschen hungrig?", fragte er grinsend.

Wieder erschien eine bezaubernde Röte auf ihren Wangen

und sie sagte entschuldigend: „Schlechte Angewohnheit. Iss dein Essen, bevor es jemand anderes tut."

Stan wollte die Hand ausstrecken und ihren Arm berühren. Wollte den Schmerz in ihren wunderschönen grünen Augen vertreiben. Wollte ihr sagen, dass alles wieder gut war. Stattdessen atmete er tief durch, um nicht mit seinen Gefühlen herauszuplatzen, und löffelte stumm seine Suppe.

Als sie beide schweigend fertig gegessen hatten, lehnte er sich zurück. „Ich bin froh, dass du hier bist."

Eine Vielzahl von Gefühlen blitzte in ihrem verhärmten Gesicht auf. Er wusste von dem Getto und ihrer Flucht, aber er wusste nicht, was geschehen war, nachdem er ihr falsche Papiere besorgt hatte und sie mit seinem Neffen Janusz nach Warschau aufgebrochen war. Er ahnte, dass sie danach noch mehr Schreckliches durchlebt hatte. Aber auch wenn er es unbedingt wissen wollte, fürchtete er gleichzeitig, düstere Erinnerungen in ihr wachzurufen, wenn er danach fragte. Die meisten Überlebenden vermieden es, über ihre Erfahrungen zu reden.

„Ich auch."

Schweigen breitete sich wieder aus, bis er es nicht länger ertragen konnte. „Ich bin seit einem Monat wieder hier."

Sie fragte nicht nach, aber ihre blassgrünen Augen bohrten sich mit solcher Zärtlichkeit in ihn hinein, dass er beinahe geschmolzen wäre. Einen Moment lang kniff er die Augen zusammen und entschied, ihr nur eine kurze Zusammenfassung seiner Erlebnisse zu geben, wobei er den Teil mit seinem amputierten Bein auslassen würde, denn er wollte kein Mitleid von ihr.

„Die Rote Armee hat mich gezwungen, in ihren Reihen zu kämpfen. Dann haben mich die Nazis gefangen genommen und in ein Kriegsgefangenenlager in Deutschland gesteckt. Als die Russen Berlin befreit haben, bin ich abgehauen und habe eine Weile bei Piotrs neuer Frau und ihrer Familie gelebt." Wenn es sie überraschte, dass Piotr wieder geheiratet hatte, nachdem ihre Schwester Ludmila gestorben war, zeigte sie es nicht.

„Das erklärt es", murmelte sie.

„Erklärt was?"

„Warum das Rote Kreuz keine Informationen über deinen Verbleib hatte."

„Warum sollten sie?" Stan rieb sich den Bart. Es war ihm nie in den Sinn gekommen, sich dort zu registrieren.

„Ich bin zum Roten Kreuz in Warschau gegangen und habe Nachforschungen über meine Familie angestellt", sagte sie mit schwacher Stimme. Sie schien in der Stuhllehne zu verschwinden und schlang die Arme um ihren dünnen Körper. Es brach ihm das Herz, die Qualen in ihrem Gesicht zu entdecken, als sie ihm in die Augen schaute. „Alle tot. Jeder Einzelne. Alle außer mir."

Stan sah die Tränen in ihren Augen glänzen, und trotz seines Vorhabens, von ihr fernzubleiben, griff er nach ihrer Hand. Ein elektrischer Schlag sprang über und wanderte geradewegs in seine Lende. Agnieszka musste es gespürt haben, denn sie zog ihre Hand rasch weg und legte sie in ihren Schoß, die Augen groß vor Verwirrung.

Nach einer Weile sprach sie weiter. „Dann habe ich nach deiner Familie gefragt, aber sie hatten über keinen von euch Informationen. Ich bin hergekommen, um nach Überlebenden zu suchen, denn ich dachte mir, solange jemand nicht für tot erklärt wurde, besteht noch Hoffnung." Ein kleines Lächeln erhellte ihr porzellanartiges Gesicht, das von kastanienbraunen Haaren eingerahmt wurde. „Ich habe dich gefunden."

„Du hast mich gefunden", flüsterte Stan wie gebannt. Er kannte Agnieszka seit mehr als einem Jahrzehnt. Doch heute bemerkte er zum ersten Mal, wie sehr ihre weichen, roten Lippen darum flehten, geküsst zu werden. Schnell sah er weg.

„Was ist ... mit den anderen?" Agnieszkas Stimme bebte vor Sorge.

Stan grinste und antwortete: „Piotr und seine zweite Frau Anna leben in Berlin. Es geht ihnen gut. Janusz ist bei ihnen."

„Gott sei Dank."

„Von Katrina und Richard habe ich nichts gehört." Ein Schatten fiel auf sein Gemüt. Der Mann, den er abschätzig Fritz genannt hatte, bereitete ihm keinen Kummer, aber der Gedanke, seine kleine Schwester nie mehr wiederzusehen, presste ihm den Atem aus den Lungen.

KAPITEL 4

Agnieszka starrte in Stans stahlblaue Augen. Eine ungewohnte Hitze erwärmte ihre Knochen, während ihr gleichzeitig die Schamesröte in den Wangen brannte. Hier saß sie nun und hegte unangemessene Gefühle für den Mann, der genauso aussah wie der Junge, in den sie einst verliebt gewesen war. War das etwa ihre verdrehte Art, Jareks Erinnerung in Ehren zu halten? Sich bei der erstbesten Gelegenheit seinem Zwillingsbruder an den Hals zu werfen?

Die beiden mochten identisch aussehen, ihr Wesen war so gegensätzlich wie die Pole eines Magneten. Jarek war freundlich, aufgeschlossen und bodenständig gewesen, während Stan ein unberechenbares Temperament sein Eigen nannte, das jederzeit aufflammen konnte.

Sie blickte auf ihre im Schoß verschränkten Hände. Und dann wieder hoch in Stans stahlblaue Augen. Früher hatten sie spitzbübisch gefunkelt oder sich ab und zu vor Zorn verfinstert. *Nicht ab und zu, sondern oft,* korrigierte sie sich selbst. Damals hatte jedes Mädchen in Lodz, inklusive ihr, Angst vor Stans Wutausbrüchen gehabt.

Zwar hatte er niemals ein Mädchen je geschlagen, aber seine wütenden Tiraden waren legendär, ebenso wie seine Prügeleien mit den anderen Jungs, manchmal mit zweien oder dreien auf einmal. Normalerweise waren Jarek oder sein älterer Bruder Piotr dazwischengegangen und hatten Schlimmeres verhindert.

Jetzt jedoch lagen in seinen Augen Verzweiflung und Schmerz. So viel Schmerz. Enttäuschung und Wut. Sie wollte ihn fragen, was ihm wirklich passiert war, verstand aber sein Zögern, über die schrecklichen Erfahrungen zu sprechen. Genauso wie sie selbst normalerweise die Erinnerungen an die Zeit in den Lagern verbannte. Sie hatte eine Zukunft vor sich und würde nicht zulassen, dass die Vergangenheit den Rest ihres Lebens zerstörte. Friede hatte in Europa Einzug gehalten und sie hatte vor, das Beste daraus zu machen.

„Danke, dass du nicht fragst", sagte sie, während sie in das bekannte Gesicht schaute und eine unbekannte Wärme in ihrem Herzen verspürte, wenn er sie anlächelte.

„Du musst mir nichts erzählen. Wir haben alle Dinge durchgemacht, die wir lieber vergessen wollen."

„Das stimmt." Mehr gab es dazu nicht zu sagen. Damit sie keine Gelegenheit hatte, über die Situation nachzudenken, bot sie an: „Ich mache den Abwasch." Ehe Stan protestieren konnte, sprang sie mit den Schüsseln in den Händen auf und hastete zur Spüle in der Küche. Sie drehte den Wasserhahn auf, aber nur wenige Tropfen fielen in das Becken.

„Das Wasser geht nicht", erklärte Stan, der kurz darauf mit einem vollen Eimer Wasser durch die Tür kam. Er trat neben sie und schüttete den Inhalt in die Spüle. So dicht stand er neben ihr, dass sie seinen Geruch, vermischt mit dem Schweiß eines harten Arbeitstages, riechen konnte. Es machte sie leicht benommen und ihr Körper fing an den unmöglichsten Stellen an zu kribbeln. Sie konnte nicht anders, als ihn anzusehen, während sie „Danke" flüsterte.

Er sieht nicht mehr aus wie Jarek. Der Jarek, den sie gekannt hatte, war ein Junge gewesen. Stan war ein Mann. Ein großer Mann mit breiten Schultern und kräftigen, braungebrannten Armen, die er zweifelsfrei von der harten Feldarbeit bekommen hatte. Der blonde Vollbart und die Dreckschlieren auf seiner Stirn untermalten sein raues Aussehen.

Sie riss sich schleunigst von seinem Anblick los und konzentrierte sich auf das Geschirr in der Spüle. Doch sein Gesicht mit den kurzen blonden Haaren und den betörenden blauen Augen hatte sich bereits in ihr Gehirn gebrannt.

„Ich trockne ab", sagte er und nahm ihr mit seinen riesigen Händen einen Teller ab. Die zufällige Berührung ließ ihre Haut erneut kribbeln und einen Moment lang gab sie dem Verlangen nach, ihn anzusehen. Ihr Blick wanderte seinen gebräunten Arm hinauf, zu seinen breiten Schultern und dann seinen Oberkörper herunter, der von einem grauen Hemd verborgen war. Trotz des Hemdes konnte sie sehen, dass er viel zu dünn war für seine Größe. Vermutlich ein Überbleibsel der Hungerkur im Kriegsgefangenenlager.

Es genügte, ihn anzusehen, und schon wollte sie wieder in seinen Armen gehalten werden, fest an seine Brust geschmiegt. Plötzlich wollte sie ihm alles erzählen. Wollte ihm das Herz ausschütten. Der Gedanke, einem anderen Menschen von ihren furchtbaren Erfahrungen zu berichten, hatte sie bisher verstört, aber nun spürte sie, dass es die einzige Möglichkeit war, darüber hinwegzukommen. Wieder frei zu sein. Stan flößte ihr Vertrauen ein, er würde sie verstehen. Ihm konnte sie ihren ganzen Schmerz anvertrauen.

Sie schrubbte den Suppentopf, als wollte sie ihn auf Hochglanz polieren, und fing an zu reden: „Janusz und mir ging es eine Zeit lang gut in Warschau, dank der falschen Papiere, die du uns besorgt hast." Sie schrubbte heftiger. „Während des Warschauer Aufstandes war dein Bruder Piotr ein paarmal bei uns."

„Ich weiß", sagte Stan.

„Nach dem Aufstand wurden wir in ein Durchgangslager gebracht und eines Tages kamen sie und haben mich in einen Zug nach Dresden verfrachtet." Ihre Stimme brach beinahe bei der Erinnerung an ihre verzweifelten Versuche, nicht von ihrem Neffen getrennt zu werden. „Sie haben nicht erlaubt, dass Janusz bei mir bleibt, weil er nur ein Kind war. Kinder können nicht hart genug arbeiten. Du kannst dir meine Qualen nicht vorstellen, als ich ihn zurücklassen musste." Ein Schluchzen entschlüpfte ihr, während Schuldgefühle sie überrollten, weil sie nicht in der Lage gewesen war, Janusz zu beschützen.

„Er hat überlebt, das ist alles, was zählt." Stan drehte sich zu ihr und sah sie liebevoll an. Dann legte er eine Hand auf ihre Schulter und sagte: „Du hast gut für ihn gesorgt. Mehr konntest du nicht tun. Das alles ist allein die Schuld der Nazis."

So lange hatte sie auf Absolution gehofft, nun fühlte sie sich auf einmal viel leichter. Am liebsten hätte sie sich an Stan gelehnt und den Trost seiner Nähe gespürt. Sie schluckte, ehe sie weitersprach. „Dresden war die Hölle. Ich war während der Bombardierung dort. Diese Zerstörung. Das Feuer. Ich habe noch immer nicht die geringste Ahnung, wie ich aus der brennenden Fabrik entkommen bin." Sie erschauderte und konnte nicht weitersprechen.

„Es tut mir so leid." Stan griff nach ihren Händen. Sanft

löste er ihre Finger, die den Topf fest umklammerten, und legte seine Handfläche auf ihre. Agnieszka spürte, wie sich Wärme in ihr ausbreitete. Sie starrte ihn lange Sekunden an, saugte das Gefühl der Geborgenheit und des Friedens in sich auf, das seine Anwesenheit um sie legte wie eine warme Decke in einer Winternacht. Sie hatte endlich jemanden gefunden, der ihr helfen konnte, die Schrecken des Krieges zu vergessen.

Als er ihre Hand endlich freigab und das Geschirr auf die Fensterbank stellte, folgte sie jeder seiner Bewegungen mit Argusaugen. Zuvor war ihr sein leichtes Humpeln nicht aufgefallen, doch jetzt fragte sie sich, was es damit auf sich hatte und ob der Schmerz in seinen Augen daher rührte.

KAPITEL 5

Stan spürte, wie sich Agnieszkas Blick in seinen Rücken bohrte und wurde sich des verwahrlosten Zustands des Hauses bewusst. In der Küche waren die Wände noch immer verkohlt; Schränke gab es nicht. Bisher hatte er sich um solche Kleinigkeiten nicht gekümmert. In den letzten Wochen hatten er und Tadzio lediglich den Schutt weggeräumt und die Schäden begutachtet. Ein paar brauchbare Dinge hatten sie für später zur Seite gelegt, doch ein Dach gab es immer noch nicht und daher keinen Schutz vor den Elementen in den oberen Räumen.

Wenigstens hatten sie – mithilfe des alten Jakub – die Löcher in den Wänden zugemauert und die Haustür repariert. Davon abgesehen hatte er den Zustand des Hauses ignoriert. Seine Hauptsorge war, die Felder urbar zu machen und zu bepflanzen. Wenn unausweichlich der Winter kam, würden sie hoffentlich bis zum nächsten Frühling durchkommen.

Er drehte sich um und sein Blick blieb an Agnieszkas wunderschönen meergrünen Augen hängen. Seine

Mundwinkel zuckten aufwärts, doch er presste die Lippen zu einer schmalen Linie zusammen. Dennoch war der Drang, Zeit mit ihr zu verbringen, so überwältigend, dass er nicht dagegen ankam.

„Hast du eine Bleibe?", fragte er. Obwohl er sicher war, dass die Antwort *nein* lauten würde, hielt er gespannt die Luft an.

„Bisher nicht", sagte Agnieszka, bevor sie mit deutlich leiserer Stimme fortfuhr: „Ich sollte in der Stadt ..."

„Nein!" Er schrie seine Antwort geradezu, fürchtend, ihre wohltuende Gesellschaft so schnell schon wieder zu verlieren. Er sah, wie sie zusammenzuckte, und holte tief Luft, bevor er mit leiser Stimme weitersprach: „Bitte. Du musst nicht gehen. Du kannst hier auf dem Bauernhof bleiben."

„Ich weiß nicht", sagte sie, wobei ihre Stimme leise und zittrig klang.

„Bitte, bleib. Hier ist mehr als genug Platz." Mit grandioser Geste zeigte er auf die offene Küche. Allerdings musste er zugeben, dass es durch fremde Augen betrachtet kein sehr einladender Ort war. „Es sei denn, dir macht der desolate Zustand etwas aus."

„Das macht mir nichts aus", beeilte sie sich zu sagen, während sie ihn unverwandt ansah. „Aber das geht nicht."

„Warum nicht?", fragte Stan. Fieberhaft überlegte er, wie er sie überzeugen konnte, bei ihm zu bleiben.

„Weil ... weil ... ich will dir nicht zur Last fallen."

„Du wirst mir nicht zur Last fallen." *Im Gegenteil, es wird eine Freude sein, dich um mich zu haben.* Als sie nicht antwortete, fügte er hinzu: „Wo willst du denn sonst wohnen?"

„In einem Vertriebenenlager, denke ich. "

Ihre zierliche Gestalt wirkte so traurig, als sie das Lager erwähnte, dass er sie auf gar keinen Fall gehen lassen konnte.

„Auf gar keinen Fall erlaube ich, dass du in so einem Lager wohnst, wenn du hier bei ..." *mir*, wollte er sagen, „... Verwandten sein kannst."

„Ich ... bist du sicher?", fragte sie mit vor Hoffnung blitzenden Augen.

„Ich bin mir ganz sicher. Bitte bleib auf dem Hof."

Agnieszka hielt kurz inne und nickte dann. „Wenn du sicher bist, dass es dir nichts ausmacht."

„Es macht mir gar nichts aus. Wirklich." Er beobachtete sie. Ihre Gedanken spiegelten sich auf ihrem Gesicht und in ihren ausdrucksvollen Augen. Es war klar, dass sie keinesfalls in ein Lager wollte. „Agnieszka, bleib hier bei mir. Bitte."

Sie sah zu ihm auf und nickte langsam, das süßeste Lächeln auf dem Gesicht. „Dann nehme ich an. Ich muss zugeben, dass der Gedanke, in einem Lager zu leben, alles andere als einladend ist. Sie ähneln so sehr den Gettos und ..."

Stan sah sie an. „Das ist alles vorbei. Du musst nie wieder dorthin zurück."

„Aber ich bleibe nur vorübergehend hier. Bis ich eine andere Bleibe gefunden habe."

Stans Lächeln wurde schwächer. Der Gedanke, dass sie weggehen könnte, behagte ihm gar nicht. Wie konnte er jemanden vermissen, der gerade erst angekommen war? Seine Gedankengänge überraschten ihn. Bisher hatte er nie großen Wert auf Gesellschaft gelegt, außer Jareks natürlich. Vom Tag ihrer Geburt bis zur Ermordung seines Zwillingsbruders waren sie immer zusammen gewesen.

Er schüttelte den Kopf und sagte grinsend: „Ich führe dich herum. Aber erwarte bloß keinen Luxus."

„Ach, und ich habe fest mit einem Palast mit seidenen Laken und goldenen Wasserhähnen gerechnet." Ihr Kichern erhellte den Raum mehr als selbst die Sommersonne es vermochte.

Nach der anstrengenden Feldarbeit brachte sein Stumpf ihn beinahe um. Normalerweise nahm er direkt nach dem Essen seine Prothese ab und kratzte die vernarbte Haut. Doch heute würde das warten müssen. Zu beschämend wäre es, wenn sie seinen verstümmelten Körper sah. Der Gedanke goss Eiswasser auf seine Stimmung. Wie um alles in der Welt konnte er sich romantische Vorstellungen erlauben? Selbst wenn sie durch ein Wunder für seine Annäherungsversuche empfänglich sein sollte. Nein, es war absurd, zu glauben, dass er je wieder bei einer willigen Frau liegen würde. Dieser Zug war ohne ihn abgefahren.

„Die meiste Zeit habe ich damit verbracht, die Felder in Schuss zu bringen. Deshalb habe ich kaum was am Haus gemacht", sagte er entschuldigend, als er sie herumführte.

Agnieszka blieb stehen, legte den Kopf schief und sagte: „Ich finde es toll, was du aus der Hütte gemacht hast. Das ist eine wirklich extravagante Mischung aus Nachkriegsschick und apokalyptischer Moderne, nicht wahr?"

Stan erstarrte kurz, bis ihre Worte in seinem Gehirn ankamen. Dann brach er in schallendes Gelächter aus. Die Anspannung der letzten Jahre brach sich Bahn und er lachte immer lauter. Sie fiel mit ein und gemeinsam lachten sie die Qualen weg, die sie während des Krieges erduldet hatten.

Atemlos und keuchend hielt Stan sich den Bauch und starrte dabei Agnieszka an. Er konnte nicht glauben, wie albern er sich benahm. Wie konnte eine einzige Stunde in ihrer Gegenwart ihm den Frieden geben, dem er schon so lange hinterherjagte?

„Ich bin so froh, dass du hier bist", sagte er, was zur Folge hatte, dass sie errötete. Die Wucht seiner Reaktion überraschte ihn – er wollte sie an sich reißen und ihr Gesicht und den Nacken mit Küssen übersäen.

Von diesem Gefühl schockiert, jagte ihm ein Schauder über den Rücken. Natürlich hatte er Erfahrungen mit Frauen gesammelt, aber eine so starke Verbindung hatte er noch nie gespürt. Er atmete mehrmals tief durch, um sich wieder in den Griff zu bekommen und seine Gedanken zu sammeln.

Sie gehörte zur Familie, um Gottes Willen. *Nur angeheiratet,* sagte eine eigensinnige Stimme in seinem Kopf. *Sie braucht meinen Schutz, keine Beziehung. – Hast du gesehen, wie sie dich ansieht? Sie ist hin und weg. – Ist sie nicht. Und selbst wenn sie es wäre, wäre sie abgestoßen, sobald sie von meinem Bein erfährt. – Du bist einfach nur dumm. – Bin ich nicht. Das nennt man realistisch sein.*

Agnieszkas Stimme unterbrach sein Selbstgespräch.

„Tut mir leid, ich habe nicht zugehört", sagte Stan.

„Wo schläfst du?", fragte sie.

„Ich? Oh, ja." Er kratzte sich am Bart. Es machte ihm Mühe, sich zu erinnern, was er sagen wollte. *Warum kann sie nicht aufhören, mich mit diesen großen grünen Augen anzusehen?* „Schlafen? Ach ... ich schlafe draußen im Schuppen. Hatte bisher keine Zeit, die oberen Schlafzimmer herzurichten."

„Im Schuppen?", fragte sie zweifelnd und er konnte regelrecht *sehen,* was sie dachte. Dass er von ihr erwartete, den winzigen Schuppen mit ihm zu teilen. Auch wenn er nichts lieber getan hätte, schüttelte er schnell den Kopf.

„Keine Sorge, ich erwarte nicht, dass du bei mir im Schuppen schläfst." Freude blubberte in ihm hoch, als er ihre Erleichterung sah. Während der Führung durchs Haus hatte er überlegt, wo er sie am besten unterbringen konnte. Es gab nur einen einzigen unbeschädigten Raum. „Es ist nichts Besonderes, aber es wird dein ganz eigenes Reich sein." Er brachte sie zur Treppe und deutete auf den Platz darunter, der nicht größer war als ein großer Schrank, aber groß genug für eine kleine Person, sich auszustrecken.

Mit angehaltenem Atem wartete er auf ihre höfliche Ablehnung und die Aussage, dass sie lieber ein Flüchtlingslager aufsuchen wollte.

Überraschenderweise nickte sie. „Das passt schon."

„Es tut mir leid, es ist kein richtiges Zimmer, aber –"

„Glaub mir, ich habe an schlimmeren Orten geschlafen", unterbrach sie ihn. „Das hier ist perfekt."

„Sobald ich jemanden finde, der das Dach repariert, richte ich dir eins der oberen Zimmer her", sagte er.

„Warum reparierst du das Dach nicht selbst?", fragte sie mit einem erwartungsvollen Ausdruck in den Augen.

Stan wandte vor Scham schnell den Blick ab. Minuten verstrichen, ohne dass einer von ihnen ein Wort sagte. Er wollte nicht, dass sie es wusste. Wollte nicht, dass sie ihn bemitleidete, dass sie ihn so ansah, wie Leute ihn normalerweise ansahen, wenn sie von seinem fehlenden Bein erfuhren. Es war einer von zwei Blicken: Verachtung oder Mitleid.

Von ihr konnte er keins von beiden ertragen.

Ihre kleine Hand drückte auf seinen Arm und er schaute auf ihre dürren Finger. So zart. So ...

„Du musst es mir nicht sagen, wenn es zu sehr schmerzt", sagte sie. Ihre sanfte Stimme gab ihm den Rückhalt, den er brauchte.

Stanislaw Zdanek mochte vieles sein, ein Feigling war er nicht. Er holte tief Luft. Früher oder später fand sie es sowieso heraus. Dann konnte er gleich den Stier bei den Hörnern packen und seine Unzulänglichkeit eingestehen. „Ich kann das

Dach nicht reparieren, weil sie mir mein Bein amputiert haben.“

Er beobachtete, wie die Gefühle über ihr Gesicht huschten. Schock. Sympathie. Mitgefühl. Neugier. Bewunderung. Nichts, was annähernd nach Entsetzen oder Mitleid aussah.

Sie ließ ihren Blick über seinen ganzen Körper wandern. Als sie ihm wieder in die Augen schaute, sah er nur Akzeptanz und eine Wärme, die zuvor nicht da gewesen war. Er war sich so sicher gewesen, dass jede Frau sich vor ihm ekeln würde, dass er gar nicht begreifen konnte, was gerade passiert war.

KAPITEL 6

Agnieszka erschrak furchtbar bei Stans Offenbarung, aber nicht, weil sie ihn deshalb abstoßend fand, sondern weil die Nachricht sie vollkommen unerwartet traf. Wie konnte er mit einer Prothese so gut allein zurechtkommen? Sie hatte es nicht einmal bemerkt. Bald schon überwog die Bewunderung das Mitgefühl.

„Ich habe dein Hinken kaum bemerkt", sagte sie.

Sie sah, wie er bei ihren Worten seinen gewaltigen Brustkorb noch weiter nach vorne schob, und das schiefe Grinsen auf seinen Lippen verursachte erneut ein Kribbeln an den unpassendsten Orten. Das sollte nicht passieren. Das durfte nicht passieren. Sie war doch kein Flittchen, das sich dem erstbesten Mann an den Hals warf. Tatsächlich war sie noch nie mit einem Mann zusammen gewesen.

Ihre einzigen Erfahrungen waren ein paar heimliche Küsse gewesen, die sie vor fast einem Jahrzehnt mit Jarek ausgetauscht hatte. In einem anderen Leben. Als sie jung und sorglos gewesen war. Als sie noch Eltern gehabt hatte, die es nicht gutgeheißen hatten, dass ihre sechzehnjährige Tochter einen Jungen küsste.

Das Mädchen war sie nicht mehr. Aber die Empfindungen, die in Stans Gegenwart durch ihren Körper rasten, machten sie schwindelig, verwirrt und jagten ihr verdammt viel Angst ein.

„Es tut mir leid, aber ich bin müder, als ich dachte. Würde es dir etwas ausmachen, wenn ich jetzt zu Bett gehe?"

„Natürlich nicht." Seine Miene wurde kalt und er schien erleichtert darüber, sie los zu sein. „Ich werde dir eine Schüssel mit Wasser zum Waschen und eine Lampe in die Küche stellen."

„Danke." Agnieszka wandte sich ab, um den kleinen Beutel mit ihren Habseligkeiten von der Veranda zu holen. Als sie in die Küche zurückkkam, trat er gerade mit einer dicken Decke und einem Laken durch die Tür. „Es tut mir leid, aber das wird reichen müssen, bis ich dir eine ordentliche Matratze besorgen kann."

„Stan", sagte sie mit einem Blick auf seinen angespannten Kiefer. „Ich will dir wirklich keine Umstände machen. Alles ist besser als das, was ich im Arbeitslager hatte."

Er schluckte und murmelte etwas, das klang wie *Für das, was sie dir angetan haben, werde ich jeden Nazi persönlich umbringen.*

„Schlaf gut", wünschte sie ihm, tat so, als müsste sie gähnen, und zog sich in ihre Kammer unter der Treppe zurück. Eigentlich war sie nicht müde genug, um zu schlafen, aber sie brauchte Zeit für sich und ihre Gedanken.

Stan wiederzufinden hatte sie völlig verwirrt. Natürlich freute sie sich unglaublich, ihn zu sehen; jeder in ihrer Situation würde das. Sie hatte tatsächlich einen überlebenden Verwandten gefunden. Aber ihre turbulenten Gefühle beinhalteten deutlich mehr als nur Freude.

Es war mehr ein warmes, diffuses Gefühl in ihrem Herzen und Schmetterlinge, die in ihrem Bauch tanzten. Das war vollkommen unerwartet, denn sie hatte immer Angst vor Stan gehabt, selbst als sie vor so vielen Jahren für seinen Zwillingsbruder geschwärmt hatte.

An Jarek zu denken brachte alte Erinnerungen zurück und einige Tränen rollten über ihre Wangen, während sie darum weinte, was hätte sein können. Hitler und seine Schergen hatten nicht nur ihr eigenes Leben komplett umgekrempelt, sondern das von fast allen Menschen in Europa. Seufzend sank sie auf die Decke und zog das dünne Laken über sich. In der schwülen Julihitze war es eigentlich unnötig, aber sie fühlte sich besser in ihrer kleinen Nische unter der Treppe, wenn sie vor neugierigen Blicken geschützt war.

Während sich die Dunkelheit über das Land senkte, übermannte sie schließlich der Schlaf und sie driftete davon, ausnahmsweise ohne die üblichen Albträume, sondern voller Hoffnung für die Zukunft.

Am nächsten Tag stand sie im Morgengrauen auf und freute sich, als sie Stan in der Küche rumoren hörte. Schnell zog sie ihr Kleid an, kämmte sich die Haare und öffnete ein paar Minuten später die Küchentür.

„Guten Morgen", sagte er und starrte sie mit offenem Mund an. Sie strich ihr verblichenes Kleid glatt und fragte sich, was an ihrem Erscheinungsbild nicht stimmte.

„Guten Morgen", erwiderte sie und trat in den Raum, in dem es nach Pfefferminze duftete.

„Ich habe Pfefferminztee gemacht", sagte er und zuckte mit den Schultern. „Es gibt keinen Kaffee."

„Danke. Ich liebe Pfefferminztee." Sie nahm den Becher entgegen und nippte an dem heißen Getränk. „Sind die Blätter aus deinem Garten?"

„Ja, ich habe sie gerade auf dem Weg hierher gepflückt." Er hatte auch Brot, Käse und zwei Tomaten geschnitten und auf einen Teller gelegt. „Möchtest du mit mir auf der Veranda frühstücken?"

„Sehr gern." Sie wollte so viel sagen, ihm für seine Aufmerksamkeit und seine Gastfreundschaft danken, aber aus irgendeinem Grund blieben ihr die Worte im Hals stecken. Ihr Kopf war voller Wattebällchen und ihre Zunge schien am Gaumen zu kleben.

Sie aßen schweigend, und gerade als er aufstand, um das Geschirr abzuräumen, sagte sie: „Bitte, lass mich das machen."

„Ich kann das sehr gut selbst!"

„So meinte ich das doch gar nicht."

„Nein? Du wolltest mich also nicht mit Mitleid überschütten, weil ein Krüppel nicht einmal sein eigenes dreckiges Geschirr wegtragen kann?" Urplötzlich war die Unsicherheit wieder da. Dunkle Schatten des Jähzorns verengten seine Augen zu Schlitzen und eine pulsierende Ader in seiner Schläfe zeigte, dass er kurz davorstand, einen seiner berüchtigten Wutausbrüche zu bekommen. Doch Agnieszka hatte nicht vor, sich von ihm Angst einjagen zu lassen. Diese Zeiten waren vorbei. Ihr war weitaus Schlimmeres widerfahren, als sich Stanislaw Zdanek zu stellen.

„Hör auf damit, Stan. Ich bemitleide dich nicht. Im Gegenteil, ich bewundere dich. Sieh dich doch an. Du schuftest den ganzen Tag auf dem Feld, um Essen für den Winter zu produzieren. Ich hätte nie gedacht, dass jemand mit einem amputierten Bein all das tun kann." Sie lächelte, denn plötzlich fand sie die richtigen Worte. „Egal, was irgendwelche Leute vielleicht sagen, du bist ein Held. Du musst der stärkste und tapferste Mann sein, der mir je begegnet ist, selbst mit einem Holzbein."

„Bin ich nicht." Sein Gesicht hatte sich bei ihrem Lob zwar aufgehellt, zeigte aber noch immer eine Falte des Zweifels auf seiner Stirn.

„Ich wollte eigentlich nur vorschlagen, mich nützlich zu machen, während ich hier bin. Dann kannst du auf dem Feld arbeiten und ich kümmere mich um den Haushalt. Ich kann putzen, waschen und kochen."

Stan zog die Stirn kraus, gab aber nach kurzem Grübeln nach. „Na gut, wenn du darauf bestehst. Du musst das nicht tun."

„Ich will aber."

Sie sah ihm hinterher, während er zur Tür herausging, den Garten durchquerte und einige Werkzeuge aus dem Schuppen holte. Ihr Herz zog sich vor Mitleid zusammen, nicht wegen seiner körperlichen Verfassung, sondern wegen der Art, wie er sich innerlich abgeschottet hatte und sich in einem Gefühl der Minderwertigkeit suhlte. Warum konnte er nicht erkennen, dass er sogar mit einem Bein mehr wert war als tausend andere zusammen?

Ein tiefes Seufzen drang aus ihrer Kehle. Sie drehte sich um und begutachtete das Chaos in der Küche. Das ganze Haus war ein einziger Schutthaufen und eigentlich unbewohnbar, trotzdem zog sie es einem Vertriebenenlager vor.

Da sie keine Zeit zu vertrödeln hatte, krempelte sie die Ärmel hoch und machte sich an die Arbeit. Sie fand Besen, Schrubber und Lappen in einer Ecke und ging zum Brunnen im Garten, um den Eimer mit frischem Wasser zu füllen. Dann gab sie ein Stück ihrer kostbaren Seife in das Putzwasser und begann, den Dreck von den Wänden und dem Boden zu schrubben, bis die Küche glänzte.

Erschöpft von der harten Arbeit streckte sie den Rücken und die Arme durch, nur um sich instinktiv in Erwartung der Peitschenhiebe zu ducken, weil sie eine Pause gemacht hatte. Als nichts geschah, erinnerte sie sich an das süße Glück der Freiheit. Der Albtraum, eine jüdische Arbeitssklavin der Nazis zu sein, war vorbei. Niemand würde ihr etwas antun.

Nie wieder.

Ihr knurrender Magen verkündete ihren Hunger. Stan musste draußen auf dem Feld noch hungriger sein. Nirgends in der Küche hatte sie Vorräte entdeckt, abgesehen von ein paar Karotten und Tomaten auf der Fensterbank. Also ging sie auf die Veranda und grübelte darüber nach, wo Stan wohl die Lebensmittel aufbewahrte.

Die Sonne stand hoch am Himmel und brannte gnadenlos auf das Land herab. Sie beschattete ihre Augen mit der Hand und schaute zu den Feldern, wo sie zwei Personen Seite an Seite arbeiten sah. Eine große und eine kleine. Ihr Herz hüpfte angesichts Stans vertrauter Statur, doch sie konnte auf die Entfernung nicht erkennen, wer die zweite Person war.

Im Gemüsegarten schnitt sie einen Salatkopf und zermarterte sich das Gehirn, wie sie ein ordentliches Mahl zubereiten sollte, wenn sie nichts als Salat, Tomaten und Karotten zur Verfügung hatte. Dann erinnerte sie sich an die geheime Vorratskammer unter dem Küchenboden.

Ihre Nackenhaare sträubten sich, als sie die Falltür öffnete und hinunter in das gähnende schwarze Loch blickte. Sie wollte wirklich nicht dort hinuntersteigen. Viel zu frisch waren die Erinnerungen daran, wie sie und Janusz sich dort unten versteckt hatten, während oben die Nachbarin Frau Kozlow ihre Hasstiraden von sich gegeben hatte. Einen flüchtigen Moment lang fragte Agnieszka sich, was mit der widerlichen Frau passiert war, die eine begeisterte Kollaborateurin der Nazis gewesen war. Heutzutage wurden solche Leute nicht sehr freundlich behandelt.

Sie schüttelte den Kopf und sagte sich, dass die Zeiten des Sich-Verstecken-Müssens lange vorüber waren. Aber so sehr ihre Vernunft auch versuchte, zu beschwichtigen, sie schaffte es einfach nicht, einen Fuß auf die Leiter zu setzen, die in die Vorratskammer führte, die mit Geistern der Vergangenheit gefüllt war.

Ich werde einfach warten und Stan fragen. Noch während der Gedanke ihre Angst linderte, musste sie über sich selbst lachen. Wollte sie ihn wirklich vom Feld holen und ihn bitten, mit nur einem Bein die Leiter zu bezwingen, bloß weil sie Angst vor ein paar unangenehmen Erinnerungen hatte? Wenn er seine Einschränkungen überwinden konnte, dann konnte sie das auch.

Sie straffte ihre Schultern und atmete tief durch, zündete die Lampe an und stieg hinab in die bedrohliche Höhle. Mit der flackernden Flamme in der Hand war die Vorratskammer längst nicht so gruselig wie damals, als sie in völliger Dunkelheit dort unten eingesperrt gewesen war und keinen Mucks von sich geben durfte.

Schnell packte sie mehrere Kartoffeln und zwei Handvoll Mehl in die mitgebrachte Schüssel. Heute mussten sie sich mit einer Kartoffelsuppe zufriedengeben, für den nächsten Tag plante sie, frisches Brot zu backen.

Als sie das Essen zubereitet hatte, ging sie hinaus zum Brunnen, um sich zu waschen, sehr darauf bedacht, dabei von niemandem gesehen zu werden. Gerade als sie fertig war, kehrte Stan in Begleitung eines schlaksigen, dunkelhaarigen Jungen von den Feldern zurück. Sie winkte ihnen zu, und ihr

Herz machte einen weiteren Hüpfer angesichts Stans sonnengebleichten blonden Haaren und der gebräunten Haut an seinen Armen.

„Hallo Agnieszka, kennst du Tadzio?"

„Schön, dich zu sehen, Tadzio." Sie nickte in vager Erinnerung an den schmächtigen Nachbarsjungen, der in die Höhe geschossen war und ordentlich Muskeln angesetzt hatte, seit sie ihn das letzte Mal gesehen hatte.

Tadzio musterte sie neugierig „Du bist also Agnieszka? Es wird meine Mamusia freuen, dass du überlebt hast."

„Sag ihr liebe Grüße und dass ich sie morgen besuchen komme", sagte Agnieszka. Vielleicht konnte Tadzios Mutter, die sie von früher flüchtig kannte, ihr helfen, diesen Haushalt mit den notwendigen Zutaten für eine vernünftige Mahlzeit auszustatten. Dann blickte sie zu Stan, der schnell den Kopf abwandte, als sich ihre Blicke trafen. „Das Essen ist fertig."

„Essen?"

„Ja, ich habe Kartoffelsuppe gemacht und –"

„Du hast gekocht?" Stan starrte sie an, als ob sie von einem anderen Planeten käme. „Aber ... wie?"

„Ich habe alles, was ich brauchte, in der Vorratskammer unter der Küche gefunden."

„Oh." Stan wirkte peinlich berührt.

„Isst du mit uns, Tadzio?", fragte sie, obwohl sie nicht sicher war, zu wollen, dass er blieb. Stans Gesellschaft war so tröstend. Aufregend. Aber auch verwirrend.

„Nein danke, meine Mamusia wartet schon auf mich", antwortete Tadzio grinsend und rannte davon.

Stan beugte sich über die Wasserschüssel auf dem Brunnenrand und schrubbte sich das verdreckte Gesicht, bevor er eine Handvoll über die struppigen Haare goss. Agnieszka starrte auf seinen Rücken, ehe ihr Blick die schmutzige Hose herunterwanderte und sie unwillkürlich das rechte Hosenbein mit dem dünnen, zerknitterten linken verglich. Dennoch, er war viel attraktiver, als er sich selbst zugestand.

Als ihre Aufmerksamkeit wieder bei seinen Schultern angekommen war, richtete er sich plötzlich auf und zog sein Hemd aus. Beim Anblick seines breiten Kreuzes hielt sie unwillkürlich den Atem an. Seine Haut war von hässlichen roten Narben übersät, die sie sofort als Folge von Peitschenhieben erkannte, und rohe Wut loderte in ihren Adern auf.

Im nächsten Augenblick kippte Stan sich das Wasser aus der Schüssel über den Kopf und ihre Blicke verfolgten den Weg der Tropfen auf seiner nackten Haut. Ihr war zum Heulen zumute, und gleichzeitig wärmte der Anblick ihr Herz. Zum Glück musste sie sich nicht weiter mit ihrer Reaktion auf den Anblick auseinandersetzen, denn er stapfte wortlos hinüber zum Schuppen, scheinbar ihrer Anwesenheit gar nicht bewusst.

Sobald er außer Sichtweite war, beeilte Agnieszka sich, den Tisch auf der Veranda zu decken. Mehrere Minuten später kehrte er in einem sauberen weißen Hemd mit hochgekrempelten Ärmeln zurück.

„Danke, dass du Essen gekocht hast", sagte er, setzte sich an den Tisch und verschlang hungrig die Suppe. „Das war vorzüglich. Wirklich vorzüglich." Er bedachte sie mit einem sanften Lächeln, das ihr Innerstes in Pudding zu verwandeln schien.

Agnieszka konnte nur noch krampfhaft auf ihre Hände starren.

KAPITEL 7

„Sieh mich an, Agnieszka", sagte Stan, wobei er sich fragte, warum sie so verstört wirkte. Hatte er ihr nicht gerade gesagt, dass die Suppe vorzüglich schmeckte?

Sie hob langsam den Kopf, und als ihre meergrünen Augen in seine blickten, traf es ihn wie ein Blitz tief in der Brust. Er wollte seine Hände um ihr liebliches Gesicht legen, ihre üppigen roten Lippen küssen. Doch das würde niemals geschehen. Das stand völlig außer Frage.

„Stimmt etwas nicht?", fragte er.

„Nein. Es ist nur", sie verschränkte die Hände, ihre Verwirrung war deutlich zu spüren. Der Augenblick verging und sie reckte die Schultern, hob die Stimme und sagte: „Ich habe Inventur gemacht."

„Inventur?" Stan lehnte sich in seinem Stuhl zurück, erschöpft von dem langen und harten Arbeitstag.

„Ja, ich bin durchs Haus gegangen und habe alles zusammengesucht, was noch brauchbar ist. Allerdings war das Ergebnis miserabel. Zwei Töpfe und ein bisschen Besteck.

Von dem Geschirr ist so gut wie nichts mehr heil. Wenn wir den Winter über hierbleiben wollen, werden wir jede Menge Dinge brauchen."

Sein Herz machte bei dem Wort *wir* einen Hüpfer, aber er ließ sich nichts anmerken. „Was denn für Dinge?"

„Nun, Matratzen, Daunendecken, Winterkleidung, Schränke, Geschirr, Einmachgläser, im Grunde genommen fast alles." Sie zog ein Blatt Papier aus der Tasche ihres Kleides und las eine scheinbar endlose Liste von Notwendigkeiten vor.

„Mach mal langsam", sagte Stan. „Ich bin mir sicher, dass wir das alles brauchen, aber eins nach dem anderen."

„Ja, ich habe mir den Kopf zerbrochen, wie wir das alles bezahlen sollen und wo wir die Sachen herbekommen, und ich dachte ..." Sie wirkte so verloren, dass es ihm an die Nieren ging. Er hatte sich genauso gefühlt, als er vor mehreren Wochen hergekommen war, bis er den Schuppen mit den wenigen Sachen, die er benötigte, zu seinem Zuhause erklärt hatte. Und Essen; er machte sich nie Gedanken ums Essen, weil er für Tadzios Hilfe mit Obst und Gemüse aus dem Garten bezahlte und Tadzios Mutter immer dafür sorgte, dass auch Stan nicht hungrig blieb.

„Ich weiß wirklich zu schätzen, was du getan hast, aber es gibt keinen Grund zur Sorge. Morgen kannst du Tadzios Mutter bitten, dich mit zum Markt in der Stadt zu nehmen. Da kannst du unser Obst und Gemüse verkaufen und hoffentlich alles besorgen, was du brauchst, um dieses Haus wieder in ein Heim zu verwandeln." *Für uns.* Er sehnte sich danach, sie wieder in die Arme zu schließen und ihren weichen Körper an seinem zu spüren. Stattdessen zuckte er mit den Schultern. Das würde nie wieder passieren.

Als sie die dreckigen Teller einsammelte, protestierte er

nicht. Zehn Stunden steinharten Boden umgraben hatte ihn jedes Quäntchen Energie gekostet, sodass er nur noch auf seine Matratze fallen und schlafen wollte. Kurz darauf kam Agnieszka mit einem kalten Aufguss zurück, der nach Zitronenmelisse duftete.

„Hier, trink das. Du musst erschöpft sein." Ihr Lächeln weckte seine Lebensgeister und er nahm ihr begierig den Becher aus der Hand. Die zufällige Berührung mit ihren zarten Fingern jagte die Sehnsucht durch seinen Körper, sodass er ein Stöhnen unterdrücken musste.

„Danke. Es ist schön, ausnahmsweise mal nur dazusitzen und nichts zu tun", sagte er, den Blick auf sie gerichtet. „Ich habe keine Ahnung, wie Tadzio noch genug Energie übrig hat, um nach Hause zu rennen, nachdem er zehn Stunden auf dem Feld gerackert hat."

Sie brach in Gelächter aus. „Wie alt ist er? Vierzehn? In dem Alter warst du genauso. Kinder haben unendliche Energiereserven, solange sie genug zu essen bekommen."

„Es geht ihm gut", sagte Stan, der instinktiv wusste, dass sie über ihren Neffen Janusz sprach. Beide waren im Lodzer Getto beinahe verhungert. Als Richard sie gerettet hatte, waren sie dürr gewesen wie Strichmännchen.

„Da bin ich mir sicher, jetzt, wo er bei seinem Vater lebt." Agnieszka blinzelte mehrmals und sagte dann: „Ich sollte mich um den Garten kümmern."

„Lass mich helfen." Stan wollte aufstehen, doch sein geschwollener Stumpf schmerzte so sehr, dass er unwillkürlich stöhnte.

„Keine Sorge, Stan. Das schaffe ich schon. Du hast für heute genug geschuftet."

Sein gefürchteter Jähzorn flammte auf, und Stan war drauf und dran sie anzuschreien und zu verlangen, dass sie ihn nicht wie einen Schwächling behandelte. Doch nach einem Blick auf ihr sanftes Gesicht schluckte er seine Rage herunter. Der Garten war immer das Metier seiner Mutter gewesen. Sollte sich Agnieszka darum kümmern.

Stan hielt einen Moment inne und wischte sich den Schweiß von der Stirn, ehe er ihm in die Augen tropfte. Blinzelnd blickte er in die grelle Sonne und runzelte die Stirn ob der dunklen Wolken, die von Osten her anrollten.

„Die Wolken bringen uns hoffentlich Regen, sonst war die ganze Arbeit umsonst", sagte er.

„Hm, erst müssen wir säen." Tadzio schaute nicht einmal von seiner Arbeit hoch. Er setzte Kohlsamen in die Erde. Wegen des Krieges hatten sie die Getreidesaat verpasst, sodass Kohl und anderes schnell wachsendes Gemüse die einzige Möglichkeit boten, noch vor dem Winter etwas zu ernten.

„Das machen wir ja, trotzdem brauchen wir Regen", grummelte Stan. Trotz aller Anstrengung konnte er nicht mit dem Jungen mithalten, den er um die Ausdauer und seinen gesunden Körper beneidete. *Wenn nur* ... Stan knirschte mit den Zähnen. Es half nicht, sich sein fehlendes Bein herbeizuwünschen. Das machte ihn nur trübsinnig.

Seit Agnieszka vor etwa einer Woche auf dem Bauernhof aufgetaucht war, fühlte er sich leichter, glücklicher. Trotzdem sehnte er sich oftmals den betäubenden Effekt des Wodkas herbei, um sein Schicksal zu ertragen.

„Warum pflanzen wir keine Rüben?", fragte Tadzio plötzlich, als er den Rücken durchstreckte und zum Eimer ging, um eine weitere Handvoll Kohlsamen zu holen.

„Weil ich Rüben hasse", fuhr Stan ihn an. Sekunden

danach fühlte er sich wegen des Ausbruchs schuldig, aber Tadzio schien an seine Gemütsschwankungen gewöhnt zu sein und zuckte bei den harschen Worten nicht einmal zusammen. Stan presste die Kiefer aufeinander und knurrte etwas in sich hinein.

Einige Zeit später holte Tadzio eine weitere Handvoll Samen und sagte: „Weißt du, du musst sie ja nicht·selbst essen."

„Was essen?"

„Die Rüben."

„Ach, du bist immer noch beim Thema Rüben?" Die Wut brauste in ihm auf wie ein Orkan und Stan hatte Mühe, nicht loszubrüllen. Er war Tadzio wirklich dankbar für die Hilfe, allerdings hatte der Junge die Fähigkeit, ihn mit seinen zahllosen Verbesserungsvorschlägen zur Weißglut zu treiben. Der sollte sich bloß nicht einbilden, dass er mehr von der Landwirtschaft verstand als Stan.

„Ja." Tadzio richtete sich zu seiner vollen Größe auf, schob die Brust heraus und stellte seine Füße hüftbreit auseinander. „Niemand mag Rüben besonders gern, aber die Leute essen sie trotzdem, weil sie satt machen und über Monate gelagert werden können."

„Aha." Stan verkniff sich ein Grinsen angesichts der drohenden Haltung, die Tadzio eingenommen hatte. Das erinnerte ihn so sehr an sich selbst in dem Alter. *Klugscheißer. Nicht bereit, von Erwachsenen Ratschläge anzunehmen. Überzeugt von der eigenen Unbesiegbarkeit.* Er beschloss, dem Jungen seinen Willen zu lassen. „Was schlägst du also vor?"

„Nun, die Rüben zu verkaufen natürlich. Nicht im Herbst, noch nicht mal Anfang des Winters – erst im Januar oder Februar, wenn die Leute keine Essensvorräte mehr haben.

Dann werden sich die Rüben verkaufen wie warme Semmeln."

„Hmm." Stan wusste, dass Tadzio recht hatte, dennoch wollte er es nicht zugeben. „Hmm. Wenn du glaubst, dass das so ein fantastischer Plan ist, warum pflanzt du sie nicht in der Reihe da drüben? Ich überlasse sie dir und du kannst damit machen, was du willst."

„Das würdest du tun?" Tadzios Augen leuchteten vor Freude.

„Na los, bevor ich es mir anders überlege."

Tadzio sprang davon und Stan beugte sich über seine Hacke, bis der Junge außer Hörweite war, ehe er in Gelächter ausbrach. Sollte Tadzio seine Rüben haben, wenn er darauf bestand, Stan würde keine einzige essen.

Beim Anblick der beackerten Reihen hatte er das Gefühl, eine Menge erreicht zu haben. Endlich. Das Ganze war ein Wettrennen gegen die Zeit und alle Vernunft gewesen, inzwischen sah es so aus, als wäre das Glück – und das Wetter – auf ihrer Seite.

In der Ferne erschien eine kleine Person vor dem Haus. Wärme durchströmte Stan und er stand unwillkürlich aufrechter. Er wurde weiterhin lächerlich nervös, wann immer Agnieszka in der Nähe war. Auch jetzt, als die zierliche Gestalt sich mit seinem Mittagessen in den Händen näherte.

Ungeachtet seiner Proteste hatte sie darauf bestanden, jeden Tag aufs Feld zu kommen und ihm Essen zu bringen. Er grinste bei der Erinnerung an ihren Streit.

„Ich kann wunderbar zum Haus gehen und mir mein Essen selbst holen", hatte er gesagt.

„Nur weil du es kannst, heißt das nicht, dass du es tun musst, also lass mich das bitte machen", hatte sie geantwortet und ihm dabei fest in die Augen gesehen. Wann immer sie das tat – ihm in die Augen sehen – schmolz er wie Butter in ihren Händen. Wie könnte er der Besitzerin dieser tiefgründigen meergrünen Augen irgendetwas abstreiten?

Am Ende hatte er sich ihren Wünschen gefügt, zwar grummelnd, insgeheim jedoch erleichtert, dass er den langen Weg zum Haus und zurück nicht mehr auf sich nehmen musste. Noch immer wurde sein Stumpf nach einem langen Arbeitstag wund. Den zusätzlichen Weg auf unebenem Boden nicht zu gehen, hatte die Schmerzen erheblich gelindert. Allerdings ließe er sich lieber erschießen, als das zuzugeben. Agnieszka hatte ein viel zu freches Mundwerk, auch ohne dass er ihr Anlass dazu gab.

Dieses freche Mundwerk. Ihr wunderschöner, küssbarer, köstlicher Mund. Die roten, verlockenden Lippen. Er konnte praktisch *spüren*, wie er seine Lippen auf ihre presste und ihr genussvolles Seufzen auffing, während er ihren Mund mit seiner Zunge erforschte.

„Hallo Stan", sagte sie und unterbrach damit seine Tagträume. Stirnrunzelnd schaute er auf, in der Hoffnung, sie konnte seine unlauteren Gedanken nicht erraten.

„Danke, dass du extra herkommst. Was gibt es?", fragte er mit knurrendem Magen. Er hatte ihr die gesamte Verantwortung für die Erzeugnisse sowie das Geld übertragen, das sie mit dem Verkauf auf dem Markt verdiente. Zu seiner Überraschung konnte sie hervorragend haushalten. Von dringend benötigten Haushaltsgegenständen über Werkzeuge, Lebensmittel, Stoffe für Kleidung bis hin zu kleinen Luxusartikeln wie Seife oder Zahnpasta organisierte sie alles, was sie benötigten, und beschwerte sich nicht ein einziges Mal, dass das Geld nicht für alle Bedürfnisse ausreichte.

„Kartoffeleintopf mit Fleisch."

„Hmm, das riecht himmlisch", sagte er und nahm ihr den Henkelmann ab. „Setzt du dich zu mir?"

Sie zögerte einen Moment, bevor sie nickte und ihm auf dem umgestürzten Baumstamm am Waldrand Gesellschaft leistete. „Wo ist Tadzio?", fragte sie nach einer Weile.

„Rübensamen besorgen."

„Das ist eine weise Entscheidung. Ich habe mich gefragt, warum du nicht schon längst welche angepflanzt hast." Stan warf ihr einen finsteren Blick zu, den sie geflissentlich ignorierte. „Ihr habt schon wahnsinnig viel geschafft."

„Wir brauchen dringend Regen."

Sie blinzelte in den sonnigen Himmel hinauf und zeigte dann auf die dunklen Wolken im Osten. „Was ist mit denen? Werden die Regen bringen?"

„Ich hoffe es." Er hatte den Henkelmann mit dem Eintopf geleert und gab ihn ihr zurück. „Danke für das Essen. Es war köstlich."

Ein glückliches Lächeln breitete sich auf ihrem Gesicht aus. Ihre Lippen bettelten ihn förmlich an, sie zu küssen. Stan zwinkerte. Einmal. Zweimal. Ihre Lippen waren immer noch da. Voll. Rot. Reif. „Ich gehe besser wieder an die Arbeit."

„Ich auch. Ich werde Tadzios Mutter besuchen. Sie hat mir angeboten, dass ich ihre Nähmaschine ausleihen darf."

Stans Blick folgte ihr, als sie in Richtung Haus verschwand. Er gab es nur ungern zu, aber sein Leben hatte sich seit dem Tag, an dem sie auf seiner Veranda aufgetaucht war, deutlich verbessert. Die Aussicht, morgens beim Frühstück in ihr süßes Gesicht blicken zu können, war sein bester Grund, sich aus dem Bett zu wälzen.

Die Seife in ihrem Haar zu riechen, die aufregenden Wellen der Sehnsucht, die er jedes Mal verspürte, wenn sie seine Hand streifte. Er mochte seinen Gefühlen für sie niemals nachgeben können, dennoch wollte er versuchen, ein besserer Mann zu werden – für sie.

Als er ihren schwingenden Hüften nachschaute, wunderte er sich darüber, wie fröhlich sie immer wirkte, trotz des schrecklichen Leids, das ihr widerfahren war. Auch ohne dass sie ihm Einzelheiten erzählt hatte, hatte er aus eigener Erfahrung im Kriegsgefangenenlager sowie anhand der Geschichten, die in der Stadt kursierten, eine ziemlich gute Vorstellung davon.

Niemand wird ihr je wieder wehtun, schwor er sich.

KAPITEL 8

Agnieszka ging freudestrahlend zum Haus zurück. Stan das Mittagessen zu bringen, hob jedes Mal ihre Stimmung. Sie liebte es, ihm bei der Arbeit zuzusehen, bewunderte seinen muskulösen Rücken, die gebräunten Arme, den wohlgeformten Hintern ... Bei dem Gedanken kroch ihr eine leichte Hitze in die Wangen.

Sie sollte sich nicht nach einem Mann verzehren, der so gütig gewesen war, sie in seinem Haus aufzunehmen. Insbesondere, weil er nie mehr als ein freundschaftliches Interesse an ihr bekundete.

Im Gemüsegarten pflückte sie ein paar reife Tomaten mit glänzend roter Schale, hob sie an ihre Nase und atmete tief das herb-fruchtige Aroma ein. Mit geschlossenen Augen konnte sie förmlich die saftige Süße schmecken. Ihr lief das Wasser im Mund zusammen. Im Arbeitslager hätte sie für eine einzige solche Tomate getötet. Sie atmete noch einmal tief ein und schob die Gedanken an die Vergangenheit beiseite.

Im Haus legte sie die Tomaten in eine Schale auf der

Fensterbank und sammelte ihr Nähzeug ein, um Malgorzata, Tadzios Mutter, zu besuchen. Sie nahm die Abkürzung über die Felder, nicht nur weil es Zeit sparte, sondern auch, weil sie insgeheim hoffte, Stan zu begegnen. Die Aussicht war es wert, sich den Rocksaum dreckig zu machen und die Strümpfe voller Kletten zu haben.

„Jemand zu Hause?", rief sie in die offene Tür. „Ich bins, Agnieszka."

„Oh, Agnieszka." Tadzios Mutter kam um die Ecke. „Komm herein. Was führt dich her?"

„Du hattest mir netterweise angeboten, deine Nähmaschine zu benutzen, aber wenn es gerade ungünstig ist?"

„Unsinn. Jetzt passt es so gut wie zu jeder anderen Zeit. Komm mit." Malgorzata ging voraus, erklärte Agnieszka die Nähmaschine und verschwand dann in der Küche. Ein fröhliches Liedchen summend, betätigte Agnieszka das Fußpedal, um die Nadel zu bewegen, und nähte sich ein dringend benötigtes gutes Kleid für den Markt in der Stadt sowie eine robuste Schürze für die Haus- und Gartenarbeit.

Wie so oft kreisten ihre Gedanken um Stan. In einer Minute konnte er der netteste Kerl sein und sie sogar hoffen lassen, dass er sich zu ihr hingezogen fühlte, in der nächsten Minute verfiel er in seine grummelige und verbitterte Art, sodass sie sich wie ein unwillkommener Eindringling fühlte.

Ihr Verstand sagte ihr, dass seine Gemütsschwankungen nichts mit ihr zu tun hatten, sondern mit seiner Auffassung, dass er ohne sein Bein ein nutzloser Krüppel war. Trotzdem wurde sie sein Verhalten langsam leid und hatte keine Lust mehr, in seiner Nähe auf Zehenspitzen zu gehen, nur um seinen Zorn nicht zu wecken.

Wenn sie doch nur wüsste, wie sie ihm helfen konnte, mit

was auch immer klarzukommen. Aber Stan redete nicht mit ihr – oder sonst irgendwem – darüber. Ein Seufzer entrang sich ihrer Kehle. Vor dem Krieg war alles so viel einfacher gewesen.

„Worüber machst du dir solche Sorgen?", fragte Malgorzata, als sie das Zimmer mit zwei Gläsern Pfefferminzwasser betrat.

„Ach nichts. Die üblichen Sorgen um Essen und Geld." Agnieszka wünschte, sie könnte mit Tadzios Mutter von Frau zu Frau reden. In den vergangenen Wochen hatte sie sich mit der erfahrenen Frau angefreundet, dennoch standen sie sich nicht nahe genug, um sich über so persönliche Dinge auszutauschen.

„Essen und Geld ist immer knapp. Ohne das Obst und Gemüse, das Stanislaw meinem Sohn gibt, würden wir verhungern."

„Tadzio verdient es, er arbeitet wie ein Großer. Stan wird auf ewig dankbar sein, dass ihr euch um den Garten gekümmert habt, sonst hätte er kein Gemüse, das er euch geben oder auf dem Markt verkaufen kann. Außerdem könnte er kein neues Saatgut kaufen." Agnieszka verstummte.

„Wir haben alle geglaubt, nach dem Krieg würde es auf wundersame Weise besser werden, nicht wahr? Und einiges ist ja besser, doch wir haben einen langen Weg vor uns, bis wir wieder ein so komfortables Leben führen können, wie vor Hitlers Invasion", sagte Malgorzata.

„Du hast recht. Und ich habe den wenigsten Grund zu jammern, schließlich hat mich Stan so selbstlos in seinem Heim aufgenommen."

„Stanislaw kann froh sein, dass er dich hat. Ich habe mir um ihn Sorgen gemacht, so ganz allein auf diesem Bauernhof, mit dem ... Bein. Armer Kerl."

Agnieszka nickte, obwohl sie ihn keineswegs für einen armen Kerl hielt. Als sie Malgorzatas mitleidigen Blick sah, verstand sie plötzlich, warum Stan so eisern darauf beharrte, alles selbst zu machen. „Er braucht mich nicht.“

„Sei nicht albern. Jeder braucht einen anderen Menschen, besonders die Männer. Du hättest meinen Andrej sehen sollen. Er war in Haushaltsdingen ohne mich völlig aufgeschmissen.“ Malgorzatas Augen wurden feucht und sie blinzelte schnell die Tränen weg.

„Hast du von ihm gehört?“

Malgorzata schüttelte den Kopf, sah sich um und senkte die Stimme. „Was ist mit deiner Familie?“

„Alle tot.“ Agnieszka ließ ihr Nähzeug sinken und schaute zur Decke. „Jeder Einzelne von ihnen. Die gesamte Familie Soban ausgelöscht. Dutzende von Menschen.“

„Das tut mir leid. Es gab so viele Tote, Vermisste und Kriegsversehrte. Ich bin froh, dass der Krieg endlich vorbei ist.“

„Ich auch. Es ist so schön, wieder frei zu sein“, sagte Agnieszka, nahm den Stoff von der Nähmaschine und drehte ihn um. „Ich mache mir Sorgen wegen der Kommunisten. Diese Leute sind nichts weiter als Stalins Marionetten.“

„Pst. Was, wenn dich jemand hört? In der Stadt erzählen sie sich schlimme Geschichten. Es ist fast wieder wie unter den Nazis.“ Malgorzata schaute über die Schulter, als würde sie erwarten, dass jeden Moment ein Kommunist in ihren Hof gestürmt kam.

„Es scheint, als seien wir vom Regen in die Traufe geraten. Meine Hoffnung ist, dass die Sowjets wieder gehen, sobald hier Ordnung eingekehrt ist.“

„Ich fürchte, das wird nicht so bald geschehen. Die Sowjets wollten schon immer unser Land erobern.“

„Deshalb gehe ich außer an Markttagen lieber nicht in die Stadt", erwiderte Agnieszka. „Hier draußen lassen sie uns in Ruhe."

Malgorzata sah sie lange an, ehe sie sagte: „Du tust gut daran, vorsichtig zu sein. Eine Frau in deiner Situation sollte einen guten Katholiken heiraten."

„Heiraten? Ich? Und wen sollte ich wohl heiraten?" Agnieszka lachte laut auf, obwohl sie tief in ihrem Herzen wusste, dass eine Ehe mit einem Katholiken sie in der Tat vor dem weiterhin herrschenden Antisemitismus schützen würde.

Die Hasser waren heute dieselben wie früher, und die interessierte es nicht, ob jemand religiös war oder, so wie Agnieszka, nur an den hohen Festtagen wie Jom Kippur und Pessach in die Synagoge ging.

„Stanislaw."

Agnieszka zuckte vor Schreck zusammen und stach sich mit der Nadel in den Finger. „Autsch!"

Malgorzata lächelte nachsichtig. „Sei nicht so schockiert. Er hatte schon immer was für dich übrig. Ich erinnere mich an einen Sommer vor dem Krieg, da ist er dir überall hinterhergelaufen wie ein Hündchen."

Agnieszka konzentrierte sich darauf, die Nadel an ihren Platz zu stecken, und betätigte wieder das Fußpedal. Einen Moment lang wollte sie Malgorzata korrigieren und ihr erklären, dass sie Stan mit Jarek verwechselte. Dann entschied sie, dass es vermutlich keine Rolle spielte, und bestritt es rund heraus. „Nun, heute hat er überhaupt nichts für mich übrig. Er hat nie ein Sterbenswörtchen gesagt, das sein Interesse verraten hätte."

„Manchmal muss eine Frau einen Mann dazu ermutigen, den ersten Schritt zu tun", sagte Malgorzata.

Agnieszka spürte, wie sie knallrot wurde. Die Erinnerung,

wie sie Stan bei ihrer Ankunft auf dem Bauernhof um den Hals gefallen war, war noch viel zu frisch. Ein skandalöses Verhalten, für das es keine Entschuldigung gab. Nicht, dass sie so erleichtert gewesen war, eine freundliche Seele lebend vorzufinden. Auch nicht, dass sie einen Augenblick lang die Beherrschung verloren hatte, weil er genauso aussah wie Jarek.

Auf die körperliche Reaktion, die diese Umarmung in ihr ausgelöst hatte, war sie nicht vorbereitet gewesen. Seither kribbelte es andauernd in ihr, wenn sie seinen Geruch wahrnahm oder zufällig seine Hand berührte. Oder wenn sie nachts davon träumte, wie er seine Lippen auf die ihren presste. Die brennende Hitze in ihren Wangen verstärkte sich; sie sah schnell von Malgorzata weg und widmete sich ganz ihrer Näharbeit.

„Wir sind nur gute Freunde. Das hat er sehr deutlich gemacht", sagte Agnieszka schließlich. *Hat er nicht durch sein Aufbrausen ein ums andere Mal zu verstehen gegeben, dass er meine Anwesenheit kaum ertragen kann?*

„Er hat vielleicht gesagt, dass er kein Interesse hat, doch das stimmt nicht."

„Nun, ich habe keines", log Agnieszka.

„Vielleicht solltest du deine Meinung ändern. Eine Frau braucht den Schutz eines Mannes in diesen Zeiten. Stanislaw ist keine schlechte Partie. Er ist ein guter Mann, auch wenn er kriegsversehrt ist."

Agnieszka antwortete nicht. Nach einer Weile stand Malgorzata auf und sagte: „Denk darüber nach." Dann verließ sie den Raum und ließ Agnieszka mit ihren Gedanken allein.

Wir sind alle kriegsbeschädigt. Stan ist beschädigt. Ich bin beschädigt. Sogar Leute wie Malgorzata und Tadzio, die weder gekämpft haben noch gefangen genommen wurden oder Zeit in einem der Lager verbracht haben, sind beschädigt.

Sie hatte die furchtbaren Jahre im Getto durchgestanden, hatte Dinge gesehen, die sie gern ungeschehen machen würde, war gezwungen worden, von Sonnenaufgang bis Sonnenuntergang zu schuften, ohne Hoffnung, dass es jemals enden würde, außer durch den eigenen Tod. Niemals genug Essen. Grausamer Hunger, den sich niemand vorstellen konnte, der ihn nicht am eigenen Leib erlebt hatte. Keine medizinische Versorgung. Ansteckende Krankheiten, die wie Feuer in den Lagern um sich griffen. Wie ein Untermensch behandelt zu werden.

Sie schüttelte den Kopf, um die unangenehmen Erinnerungen zu vertreiben. Die Vergangenheit war vorüber. Nun galt es, nach vorn zu schauen, in eine bessere Zukunft.

Einige Zeit später stellte sie ihr Kleid fertig und verabschiedete sich von Tadzios Mutter. „Nochmals danke, dass ich die Nähmaschine benutzen durfte. Darf ich nächste Woche vielleicht noch einmal kommen?"

„Liebend gern. Ich genieße es, mal erwachsene Gesellschaft zu haben." Plötzlich wirkte Malgorzata erschöpft und traurig. Ihr Mann wurde seit langer Zeit vermisst und die einzige Gesellschaft, die sie hatte, waren Tadzio und seine kleine Schwester Lola.

Agnieszka legte einen Arm um ihre Schultern. „Das mache ich. Es ist für uns alle schwer."

KAPITEL 9

Den ganzen Tag schon nagten Schuldgefühle an Stan. In seinem Bestreben, seine Gefühle für Agnieszka zu verbergen, reagierte er oft über und zeigte sich nicht von seiner besten Seite. Wann immer er das tat, brachte ihn der Schmerz in ihren Augen schier um. Sich einzureden, dass es für alle Beteiligten besser war, wenn sie ihn nicht ausstehen konnte, vertrieb die Schuldgefühle nicht. Vor Verzweiflung stöhnend beschloss er, etwas Nettes für sie zu tun.

Als sie eines Abends von ihrem Besuch bei Malgorzata zurückkehrte, wartete er in der Küche auf sie. Die Suppe, die sie morgens vorbereitet hatte, köchelte auf dem Herd. Sie blieb mitten in der Bewegung stehen, als sie die neuen Schränke und die Arbeitsplatte sah.

„Was ist das?", fragte sie und schaute sich neugierig um.

„Wonach sieht es denn aus?" Er konnte nicht anders, als sie glücklich anzugrinsen.

„Nun. Ich weiß, was das ist, aber wo kommt das alles her?"

Sie stand noch immer im Türrahmen, fast als hätte sie Angst, die Küche zu betreten.

„Ich habe sie einem der Händler abgekauft, die regelmäßig hier vorbeikommen", antwortete er. „Gefallen sie dir?"

„Und wie!" Er wusste, dass sie ständig Probleme hatte, Stauraum oder eine Arbeitsfläche zu finden, wenn sie kochte.

„Es gibt noch mehr." Stan war ausgelassen wie ein Kind und wollte ihr unbedingt zeigen, was er alles getan hatte.

„Mehr?" Agnieszkas grüne Augen strahlten. Ihre Freude sandte Wärme in sein Herz und seinen Bauch.

„Ja, komm mit." Er führte sie zu der kleinen Nische unter der Treppe, die sie als Schlafzimmer nutzte, und deutete darauf. „Ich habe dir eine Matratze besorgt und eine Daunendecke für die kühlen Herbstnächte."

„Das ist wunderbar. Ich weiß gar nicht, was ich sagen soll. Tausend Dank."

„Du hast es verdient." Er konnte nicht widerstehen, näher an sie heranzutreten und sich in ihrer ehrlichen Begeisterung zu sonnen.

„Danke. Das ist so lieb von dir", sagte sie und schon verlor er jeglichen Bezug zu Raum und Zeit. Irgendwie landete sie in seinen Armen, ihre weichen Kurven an ihn gepresst. Mit seinen Händen auf ihrem Rücken spürte er die kleinen Schauder, die über ihre Wirbelsäule liefen. Die elektrische Energie sprang auf ihn über und sein ganzer Körper spannte sich an.

Als sei es das Natürlichste in der Welt, streichelte er ihren Rücken und presste sie enger an sich. Ihr lieblicher Duft steigerte seine Sehnsucht ins Unermessliche und er bedeckte ihre Haare mit kleinen Küssen, während sie sich an ihn schmiegte.

Das Verlangen überwältigte Stan, sodass er sich nicht mehr

zurückhalten konnte. Er vergrub sein Gesicht in ihren Haaren, trunken vom Gefühl ihrer Nähe. Als er ihre schlanken Finger auf seinem Rücken spürte, ermutigte ihn das dazu, ihre schmale Taille mit seinen Händen zu umspannen.

Sein Herz schmolz vor Sehnsucht und er konnte ein Stöhnen nicht unterdrücken. Das Geräusch schien sie aus der Fassung zu bringen, denn sie trat rasch einen Schritt zurück und senkte beschämt den Blick.

„Bitte, lauf nicht weg", sagte er, wobei er sie wieder an sich zog. Die Überraschung auf Agnieszkas Gesicht verwandelte sich nach wenigen Sekunden in Zärtlichkeit – und Sehnsucht. „Oh, du wunderbare Frau, das wollte ich seit dem Moment tun, als ich dich das erste Mal auf meiner Veranda sah", murmelte er ihr ins Ohr, streichelte ihren Rücken, Schultern und Hüften.

Sie klammerte sich an ihn, als wäre er ein Rettungsring, und mit jeder Bewegung seiner Finger spürte er, wie ihr Puls sich beschleunigte. Schließlich nahm er ihr Kinn in eine Hand und sah ihr tief in die Augen, ehe er sie zögernd und sanft küsste. Ihre Lippen öffneten sich, luden ihn ein, mit seiner Zunge ihren warmen weichen Mund zu erforschen. Doch kaum gab er dem Drang nach, schob sie sich hektisch von ihm weg.

Ihr liebliches Gesicht glühte rot, Verwirrung und Scham waren ihr ins Gesicht geschrieben. Fast befürchtete er, dass sie ihm eine Ohrfeige geben würde. Doch sie trat nur einen weiteren Schritt zurück.

„Agnieszka, es tut mir leid", setzte er an, nur um zusehen zu müssen, wie sie den Kopf einzog und durch die Haustür hinaus in die Nacht rannte.

Bedauern packte ihn wie ein feindlicher Wehrmachtssoldat, der aus der Dunkelheit gesprungen kam. Ein verärgertes

Knurren entwich seiner Kehle und er schlug seinen Hinterkopf gegen die Wand, ehe er zu Boden rutschte. Er war ein Tier. Er war regelrecht über sie hergefallen, und wenn sie ihn nicht aufgehalten hätte, wer wusste schon, wie weit er gegangen wäre? Agnieszka war keine der Dirnen, die sich bei den Partisanen herumgetrieben hatten. Sie war eine anständige Frau und verdiente etwas Besseres.

Etwas Besseres als ihn.

Er kämpfte sich auf die Beine und verließ das Haus durch die Hintertür, wobei er geradewegs zur Pumpe am Brunnen ging und den Holzzuber mit eiskaltem Wasser füllte. Kaum kletterte er hinein, betäubte das kalte Wasser seine Glieder, doch seine aufgewühlten Emotionen beruhigte es nicht. Selbst vor Kälte zitternd, die Zähne aufeinandergebissen, damit sie nicht klapperten, konnte er nicht aufhören, an dieses himmlische Gefühl zu denken, sie in den Armen zu halten. Wie sie ihre weichen Kurven an ihn presste und diese köstlichen Laute aus ihrem Mund kamen, die sein Herz und seine Seele mit Verlangen erfüllten.

Ihre üppigen roten Lippen tauchten vor seinem inneren Auge auf. Wie sie darum bettelten, geküsst zu werden, und das heiße und süße Verlangen, das durch seine Adern tobte, sobald sein Mund den ihren berührt hatte. Dann der schockierte Ausdruck, als sie seine Zunge in ihrem Mund gespürt hatte. Das war, als ob ... Nein, das konnte nicht sein. War sie noch nie zuvor so geküsst worden? Sein Herz hüpfte vor Freude, während ihm gleichzeitig die Scham in jede Zelle fuhr.

Selbst im eiskalten Wasser konnte er spüren, wie es auf seiner Haut brannte. Was für ein Mann war er eigentlich, dass er sie wie ein dahergelaufenes Flittchen behandelte, das man einfach küssen konnte?

Viel später, als Stan auf seiner Matratze im Schuppen lag, überlegte er, was er tun sollte. Er musste sich unbedingt besser in der Gewalt haben und sich zurückhalten. Der Gedanke daran, dass sie wegen des Vorfalls fortgehen könnte, erschreckte ihn.

Das Haus – ich bin so ein dämlicher Idiot!

Es war ein Wunder, dass sie überhaupt noch hier lebte. Wochen waren vergangen und Stan hatte nichts unternommen, um das Dach reparieren zu lassen. Er hatte sich selbst vorgelogen, dass er zu beschäftigt war, um jemanden zu suchen, der es reparierte.

Der wahre Grund allerdings war, dass er es nicht ertrug, einen anderen Mann für die Arbeit anzuheuern, die er selbst nicht mehr erledigen konnte. Abgesehen von dem mitleidigen Blick des Handwerkers wollte er nicht, dass Agnieszka das ganze Ausmaß seiner Behinderung erkannte. Jeder halbwegs gestandene Mann war in der Lage, sein eigenes Dach zu reparieren. Für so eine einfache Aufgabe brauchte man keine Hilfe.

Doch diese Denkweise war selbstsüchtig. Schließlich wollte er Agnieszka alles geben, was sie brauchte, und ein Dach über dem Kopf war nun mal eines der Grundbedürfnisse jedes Menschen. Besonders, wenn Herbst und Winter vor der Tür standen.

Stans Kopf schmerzte ob der ausweglosen Lage, in die er sich manövriert hatte. Mehr als je zuvor wünschte er sich, dass sein Bruder noch am Leben wäre. Jarek war immer derjenige gewesen, der ihn geerdet hatte, der ihn aufgemuntert hatte, wenn er sich wieder in düsteren Gedanken verfangen hatte. Ohne Jarek war er so ... verloren. Und wütend. Furchtbar wütend.

Die Erinnerung an Jarek weckte einen grausamen Zweifel

in ihm. Was, wenn Agnieszka seinen Kuss zurückgewiesen hatte, weil sie noch immer Jarek liebte? Was, wenn sie ihm nur deshalb gestattet hatte, sie in seinen Armen zu halten, weil sie einen Moment lang der Illusion erlegen war, er sei Jarek? Eine kalte Welle der Angst überrollte ihn.

Diese Frau ging ihm unter die Haut wie keine andere vor ihr. Sie zauberte Gefühle und Sehnsüchte herbei, die er schon lange vergessen geglaubt hatte. Im Alter von siebenundzwanzig hatte er sich damit abgefunden, sein Leben ohne sein Bein und damit auch ohne die Liebe einer Frau zu fristen. Für einen flüchtigen Augenblick hatte er heute sein tragisches Schicksal vergessen und sich der trügerischen Hoffnung hingegeben, dass die Zukunft etwas Erstrebenswertes, Schönes für ihn bereithalten könnte.

Im Traum glitten Stans Lippen über Agnieszkas samtweichen Hals und er knabberte an ihrem Schlüsselbein, ehe er weiter nach unten wanderte.

„Ich liebe dich so sehr", flüsterte sie in seinem Traum.

Er sah hoch und ertrank in der Tiefe ihrer grünen Augen. Diese Frau hatte von seinem gesamten Wesen Besitz ergriffen. Herz, Leib und Seele.

„Dir wird nie wieder etwas Schlimmes passieren, nicht, solange ich da bin, um dich zu beschützen." Er rieb seinen Bart an ihrer weichen Haut und wünschte sich, für immer und ewig in diesem Moment zu verweilen.

Sie stieß ein hohes Kichern aus, dessen Lautstärke ihn erschreckte. Stan öffnete mit pochendem Herzen die Augen und starrte auf die pechschwarze Wand des Schuppens, enttäuscht, dass es nur ein Traum gewesen war.

Agnieszka verdiente etwas viel Besseres als ihn. Sie war noch jung und hatte ein Leben voller Möglichkeiten vor sich. Daher musste er sie beide vor den Gefühlen schützen, die sich zwischen ihnen entwickelten. In den dunklen Stunden vor der Morgendämmerung gab er ein stilles Versprechen ab. Eines, das sie niemals von seinen Lippen hören würde, das er aber dennoch in Ehren zu halten gedachte. Ab jetzt würde er sich wie ein Bruder um sie kümmern und niemals wieder seinen Gefühlen nachgeben.

Er wischte sich den Schweiß von der Stirn und rollte sich auf die Seite, sodass er durch das kleine Fenster auf das Haus blicken konnte. Lange starrte er hinaus, ohne Schlaf zu finden, obwohl er wusste, dass er am nächsten Morgen seine ganze Selbstbeherrschung brauchte, wenn er sie wieder sah.

Es lag an ihm, sein Verlangen nach Agnieszka unter Kontrolle zu halten. Die Aufgabe eines Mannes. Er mochte nicht in der Lage sein, das Dach seines Hauses zu reparieren, aber er konnte seine niederen Instinkte beherrschen und sie vor sich selbst schützen. Ja, genau das würde er tun.

Frühmorgens weckte ihn Tadzios Hahn wie ein Uhrwerk mit seinem Kikeriki. Stan zog sich an, wusch sich an der Pumpe das Gesicht und ging hinüber ins Haus, wobei er angesichts des Taus auf den Pflanzen im Gemüsegarten die Stirn krauszog. Die kalten Herbstnächte standen unmittelbar bevor und bis dahin musste das Dach repariert werden.

Als er die Hintertür öffnete und in die Küche spähte, stockte ihm der Atem. Agnieszka bereitete das Frühstück vor und sie war so wunderschön im Morgenlicht, dass Stan nur dastehen und sie betrachten konnte. Fetzen des Traumes der letzten Nacht versuchten, sich in seinen Kopf zu drängen, aber er zwang sie beiseite.

Sie musste ihn gehört haben, denn sie drehte sich um, ihr anbetungswürdiges Gesicht von der Hitze des Herdes gerötet, wo sie Spiegeleier und Kartoffeln briet. Die Erwartung in ihren Augen traf ihn tief und presste die Luft aus seinen Lungen.

Sein Entschluss, sich von ihr fernzuhalten, brach beinahe zusammen. Schnell verbarg er seine Gefühle hinter einer Mauer aus Gleichgültigkeit und sagte mit mürrischer Stimme: „Morgen."

„Hast du gut geschlafen?", fragte sie.

Stan ignorierte ihre Frage, setzte sich an den Tisch und fragte seinerseits: „Ist das Frühstück fertig?"

„Beinahe", antwortete sie, wobei sie ihn fragend ansah.

Stan blieb stumm. Als sie ihm den Teller brachte, riss er ihn ihr förmlich aus der Hand, ehe sie ihn auf dem Tisch abstellen konnte. Er aß hastig, die Augen starr auf das Essen gerichtet. Kurz darauf hatte er das liebevoll zubereitete Frühstück wortlos aufgegessen, eine Tasse Wasser heruntergestürzt und floh aus ihrer Nähe.

Selbst ohne ihr ins Gesicht zu schauen, hatte er die Spannung bemerkt, die von ihr ausging. Er wusste, wie sehr sie seine Gleichgültigkeit schmerzte, aber es musste sein. Es war nur zu ihrem Besten. Für sie beide konnte es keine gemeinsame Zukunft geben, deshalb würde er nicht zulassen, dass sie sich aufgrund seines gestrigen Fauxpas Hoffnungen machte und sich ihre eigene Zukunft verbaute.

KAPITEL 10

Agnieszka starrte ungläubig auf Stans Rücken, als er das Haus verließ. Sie fühlte sich vollkommen fehl am Platz. Die halbe Nacht hatte sie wieder und wieder durchlebt, in Stans Armen zu liegen und von ihm geküsst zu werden. Selbst jetzt wurde sie rot bei der Erinnerung.

Oh sie hatte ja keine Ahnung gehabt, dass ein einfacher Kuss so herrlich sein konnte! Aber sie war eine anständige Frau. Sie richtete ihre Schürze und machte sich daran, das Frühstücksgeschirr abzuwaschen. Anständige Frauen ließen sich nicht von einem Mann küssen. Ganz egal, wie sehr sie es genossen hatte. Das hatten ihre Eltern ihr so beigebracht.

Deine Eltern sind tot. Und die Zeiten haben sich geändert. Bei der aufsässigen Stimme in ihrem Kopf schnappte sie unwillkürlich nach Luft. Die Welt würde vor die Hunde gehen, wenn die Menschen sich nicht länger an die traditionellen Werte und Moralvorstellungen hielten. Nun, eigentlich *war* die Welt schon vor die Hunde gegangen, weil die Menschen sich an traditionelle Werte wie Gehorsam und das nicht Hinterfragen der Autorität ihrer Führer gehalten hatten.

Die zweite Hälfte der Nacht hatte sie sich davor gefürchtet, wie sie Stan morgens gegenübertreten sollte, und hatte entschieden, sich zu verhalten wie immer. So zu tun, als wäre der Kuss nie geschehen. Als seien sie nichts weiter als Freunde. Freunde, die sich gegenseitig den Rücken freihielten, sich zum Lachen brachten und die Anstrengungen des Bauernlebens miteinander teilten.

Dummerweise war Stan geradezu harsch gewesen. Als er aufs Feld gegangen war, ohne ihr – wie er es sonst tat – für das Frühstück zu danken, hatte sie die Hände gerungen. Was hatte sie sich erhofft? Irgendein Anzeichen dafür, dass er sie liebte? Sie schnaubte. Der jähzornige Stan? Eher würde Sibirien schmelzen, als dass er seine Gefühle zugab.

Schon verdammte sie sich dafür, dass sie sich von ihm hatte küssen lassen. So gern sie in der behaglichen Sicherheit des Hofes bleiben wollte, konnte sie es nicht ertragen, Stan zur Last zu fallen. Er hatte deutlich zu verstehen gegeben, dass er sie nicht um sich haben wollte.

Als der Tag sich zum Ende neigte, war sie einer Antwort kein Stück näher als beim Aufwachen. Stan kam später als sonst vom Feld zurück, aß wortlos das Abendessen, das sie für ihn warmgehalten hatte, und zog sich schnurstracks in den Schuppen zurück.

Agnieszka blieb schweren Herzens in dem Behelfszimmerchen unter der Treppe, das er für sie eingerichtet hatte. Ihm aus dem Weg zu gehen, schien die beste Lösung zu sein, jedenfalls bis sie ein klareres Bild ihrer Zukunftspläne hatte.

Für eine Weile lebten sie zwar im selben Haus, sprachen aber kaum ein Wort miteinander, sahen sich nicht an und mieden sich so gut wie möglich. Agnieszka bereitete noch immer das Frühstück und Abendessen zu, verschwand jedoch aus der Küche, sobald sie seine Schritte auf der Veranda hörte.

Vielleicht bildete sie sich das nur ein, aber plötzlich trampelte er mit der Lautstärke eines Elefanten, ganz so, als ob er sie vor seiner Ankunft warnen wollte. Mittags ging sie weiter hinaus aufs Feld, um ihm das Mittagessen zu bringen. Ihr blutete das Herz, wenn sie ihn bei der schweren Arbeit beobachtete.

Sobald sie näherkam, senkte sie den Blick und stellte das Essen in den Schatten unter den Bäumen, ohne darauf zu warten, dass er die Arbeit beendete und sich auf den Baumstamm setzte. Er tat immer so, als wäre er zu beschäftigt, um sie zu bemerken, bis sie wieder verschwand. Erst dann hörte sie, wie er sich umständlich niederließ und spürte seinen bohrenden Blick auf ihrem Rücken, während sie die lange Strecke zum Haus zurückging.

Stan bekam allmählich Zweifel, ob sein Plan, sich von Agnieszka fernzuhalten, wirklich so klug war. Die Spannung zwischen ihnen war ins Unerträgliche geschossen. Der Schmerz und die Traurigkeit in ihren Augen, wann immer er sich abwandte, schnitten ihm schlimmer ins Herz, als es die grausamste Behandlung durch die Nazis je getan hatte.

Er ertrug es nicht, sie so leiden zu sehen. Hunderte Male war er drauf und dran gewesen, die Arme auszustrecken, um sie an sich zu ziehen und sich zu entschuldigen. Aber das würde seine Entscheidung torpedieren. Sie würde bald über ihn hinwegkommen und dann war sie frei für ein besseres Leben.

Ohne ihn.

Mit einem Mann, der ihr alles geben konnte, was sie wollte. Was sie brauchte.

„He, Stan. Wir müssen diesen Baumstumpf ausgraben." Tadzios Stimme riss ihn aus seinen Gedanken.

Stan landete wieder in der Gegenwart und schaute auf den Baumstumpf. „Mache ich. Kümmere du dich um die letzte Reihe hier und dann jätest du das Unkraut neben dem Graben am anderen Ende, ja? Vielleicht schaffen wir es vor Ende der Woche, dieses Feld einzusäen."

„Mach ich." Tadzio trabte davon, eine große Hacke über der Schulter.

Stan schnappte sich Schaufel und Axt und machte sich auf den Weg zu dem großen Baumstumpf, der aus dem Boden ragte. Er hatte nur einen Durchmesser von etwa dreißig Zentimetern; gemeinsam hatten sie bereits die oberflächlichen Wurzeln freigegraben. Was noch getan werden musste, war die Wurzeln zu durchtrennen und den Stumpf aus der Erde zu stemmen.

Stan begann, auf die etwa acht Zentimeter dicken runden Wurzeln einzuhacken, bis sie schließlich nachgaben. Schweiß lief ihm in Bächen von Stirn und Rücken. Ab und zu wischte er sich mit einem Ärmel über die Stirn, fest entschlossen, den Kampf gegen den Baumstumpf zu gewinnen.

Mit zusammengebissenen Zähnen ignorierte er den pulsierenden Schmerz in seinem Bein. Endlich war es so weit, er beugte sich vor, stemmte die Schulter gegen den Baumstumpf und schob mit ganzer Kraft. Urplötzlich wuchtete er das Ding aus der Erde. Stan war nicht darauf gefasst gewesen und verlor den Halt. Hals über Kopf stürzte er vorwärts, über den Baumstumpf, und landete genau auf der Stelle, wo seine Prothese am Bein festgemacht war.

„Aua!", schrie Stan laut genug, um Tote aufzuwecken, bevor er buchstäblich in die krümelige Erde biss. Der stechende Schmerz in seinem Bein breitete sich in Wellen durch seinen gesamten Körper aus, bis ihm schwarz vor Augen wurde.

Hilflos mit dem Gesicht im Dreck liegend wie ein Maikäfer auf dem Rücken, hörte er, dass Tadzio vom anderen Ende des Felds zu ihm rannte. Zeuge des Debakels, dass Stan noch nicht einmal Manns genug war, selbst aufzustehen. Glühender Zorn verdrängte allmählich den lähmenden Schmerz und ließ ihn zumindest wieder klar sehen.

„Ist alles in Ordnung?", fragte Tadzio besorgt.

„Mir gehts gut", knurrte Stan und drehte den Kopf, sodass er Tadzio anschauen konnte, der auf ihn herabblickte. Eine weitere Welle des Schmerzes erfasste ihn, bis ihm schwarze Sternchen vor den Augen tanzten.

„Hier, nimm meine Hand, ich helfe dir hoch."

„Ich kann das allein!", presste Stan zwischen zusammengebissenen Zähnen hervor, obwohl er ganz genau wusste, dass er es nicht konnte.

„Natürlich kannst du das, aber es ist leichter, wenn ich dir helfe."

Dagegen konnte Stan schlecht argumentieren, also packte er die ausgestreckte Hand und ließ sich von Tadzio hochziehen.

„Schei ... ße!" Wieder schrie er auf, weil sein Stumpf höllische Schmerzen durch seinen Körper sandte. „Tut mir leid", presste er hervor, als er Tadzios weit aufgerissene Augen sah.

Tadzio nickte, von dem Ausbruch eingeschüchtert, und Stan nahm sich vor, in Zukunft besser auf seine Sprache zu achten – und auf sein Temperament. Er wollte nicht, dass der Nachbarsjunge Angst vor ihm hatte.

„Es tut mir leid, ich wollte dich nicht anschreien. Es tat nur so saumäßig weh", sagte Stan, dem weiterhin schwindelig war.

„Soll ich den Baumstumpf rauswuchten?"

„Das ist vermutlich das Beste." Stan senkte den Blick, beschämt, dass er einen dreizehnjährigen Jungen erst darum bitten musste, ihm aufzuhelfen, und dann noch die Aufgabe zu beenden, die Stan hätte erledigen sollen. Ohne ein weiteres Wort machte er auf dem Absatz kehrt und ging zum Haus zurück. So sehr er versuchte, sein Bein zu ignorieren, bereitete ihm jeder Schritt entsetzliche Qualen und er musste erbost feststellen, dass er mehr als gewöhnlich hinkte.

Auf halbem Weg fiel ihm siedend heiß ein, dass er und Agnieszka nicht miteinander redeten. Ins Haus konnte er also nicht. Grummelnd überlegte er, wie er am besten seinem Zorn Herr werden konnte, als sie unerwartet hinter der Steinmauer des Gemüsegartens auftauchte. Obwohl er so abrupt stehen blieb, dass er schwankend um sein Gleichgewicht kämpfen musste, hätte er sie beinahe angerempelt.

„Was ist passiert?", fragte Agnieszka, wobei sie in Richtung seines Holzbeins nickte.

„Nichts", knurrte er, und warf ihr obendrein einen giftigen Blick zu.

Agnieszka verschwand achselzuckend im Haus, was ihn nur noch mehr in Rage brachte. Mühsam ließ er sich auf der Veranda auf einen Stuhl fallen. Warum musste sie immer ihre Nase in seine Angelegenheiten stecken? Warum musste sie sich immer versichern, dass es ihm gut ging? *Frauen.* Ohne sie war er besser dran.

Als sie wenige Minuten darauf eine dampfende Schüssel

Eintopf auf den Tisch vor ihm stellte, griff er automatisch nach ihrer Hand, zog seine Finger aber blitzschnell zurück, als hätte er glühende Kohlen angefasst.

„Weißt du, Agnieszka, es tut mir leid. Es ist nur", wie um alles in der Welt sollte er ihr erklären, dass er sie nie wieder anrühren durfte, obwohl er vor Verlangen nach ihr schier verbrannte?

„Nur was?" Der Ausdruck in ihren grünen Augen wurde weicher, und schon hatte sie ihn wieder an dem Punkt, wo seine Lippen zitterten und sein Herz schmerzte.

„Ich ... Ich ... Du ... Oh, Scheiße!" Verlegen rieb er sich das bärtige Kinn. „Es ist nur ... Ich mag deine Gesellschaft." Ein Lächeln hellte ihr Gesicht auf. „Aber ..." Das Licht wurde schwächer. „... außer Freundschaft kann nie etwas zwischen uns sein."

„Warum?", flüsterte sie.

„Weil ... Weil nach allem, was du durchgemacht hast, was die Nazis dir angetan haben, verdienst du eine bessere Zukunft. Du verdienst einen Mann, der dich beschützen kann, für dich sorgen kann und dir alles geben kann, was du dir wünschst. Du verdienst es nicht, an einen Krüppel wie mich gefesselt zu sein!"

„Stan, bitte –"

„Geh. Bitte geh und lass mich allein."

Sie schlich sich davon. Kaum war er allein, bedauerte er es schon. Der Verlust fraß sich in seine Seele. Eine Welle des Schmerzes überrollte ihn so heftig, dass er gegen seine Tränen ankämpfen musste.

KAPITEL 11

Die Tage vergingen und die Beziehung zwischen Agnieszka und Stan normalisierte sich einigermaßen.

Sie verstand zwar nicht, warum er sich für wertlos hielt, wenn er tagtäglich das Gegenteil bewies, aber er hatte seinen Standpunkt unmissverständlich klargemacht. Innerlich war sie erleichtert, dass die schrecklich angespannte Atmosphäre zwischen ihnen einer vorsichtigen Normalität gewichen war, auch wenn ihr Herz sich jedes Mal peinvoll zusammenzog, wenn sie ihn ansah.

Egal wie sehr sie versuchte, dagegen anzukämpfen, fühlte sie sich mit jedem verstreichenden Tag stärker zu ihm hingezogen. Nachdem er klar gemacht hatte, dass zwischen ihnen nie mehr sein konnte als Freundschaft, war es beinahe wieder so wie vorher. Er brachte sie zum Lachen, überschlug sich schier, damit sie sich wohlfühlte, und erwähnte sogar mehrmals, dass er jemanden suchen wollte, der das Dach rechtzeitig vor dem kommenden Winter reparierte.

Eines Tages, Anfang September, klopfte ein weiterer

Flüchtling des nicht enden wollenden Stroms von Vertriebenen an die Haustür. Sie war gerade dabei, die Wäsche auf die Leine zu hängen, die sie bereits früh am Morgen gewaschen hatte. Also eilte sie um das Haus herum, um nachzusehen, wer geklopft hatte.

Der Mann war furchtbar ausgemergelt, hatte kurze schwarze Haare und mehrere fehlende Zähne. Außerdem hatte er den schlurfenden Gang eines Häftlings. Sie kannte diesen kräftesparenden Gang nur zu gut. Alle Juden in den Lagern – eingeschlossen sie selbst – hatten ihn schon nach wenigen Tagen angenommen, um die wenige Energie besser einzuteilen, die sie besaßen.

„Fräulein, hätten Sie etwas Wasser für mich?", fragte er mit vor Durst heiserer Stimme.

„Natürlich. Folgen Sie mir", sagte sie. Normalerweise bat sie nie jemanden ins Haus, obschon Flüchtlinge wie er jeden Tag vorbeikamen und um dieses oder jenes bettelten. Doch seine großen, traurigen Augen berührten sie auf eine eigenartige Weise, und zwangen sie geradezu, sein Leid zu lindern.

Sie führte ihn zum Tisch auf der Veranda und bot ihm Minzwasser aus einem Krug an. Er trank es in einem Zug leer und bat schüchtern um ein weiteres Glas.

„Trinken Sie, so viel Sie wollen. Wasser ist das Einzige, was wir im Überfluss haben", sagte sie und deutete auf den Brunnen mit der Pumpe.

„Danke, Fräulein."

„Bitte nennen Sie mich Agnieszka."

„Ich heiße Amos."

„Ein jüdischer Name", sagte sie. Ihr Herz füllte sich mit Freude, dass noch jemand außer ihr den Holocaust überlebt hatte. Es mochte ein albernes Gefühl sein, dennoch fühlte sie sich auf eine unerklärliche Art und Weise mit ihm verbunden.

„Das liegt daran, dass ich ein Jude bin." Er senkte den Kopf, als fürchtete er, von ihr geschlagen oder zumindest beschimpft zu werden.

Fürchte dich nicht, mein edles Ross! Die Worte des alten Gedichtes schossen ihr durch den Kopf und brachten sie zum Lächeln. „Keine Sorge, Sie sind hier sicher. Ich bin auch Jüdin."

„Wirklich?" Er schaute auf, die dunklen Augen angefüllt mit Traurigkeit, Erleichterung und Sehnsucht. „Baruch HaSchem, Gott sei Dank. So wenige von uns haben überlebt."

Sie wollte ungern in Mitleid schwelgen, denn das führte unweigerlich zu bösen Erinnerungen, also fragte sie: „Darf ich Ihnen etwas zu essen anbieten?"

Seine Augen antworteten, noch ehe er den Mund öffnen konnte. Agnieszka kannte diesen Blick nur zu gut aus ihrer Zeit im Lager, deshalb kam sie ihm zuvor und sagte: „Keine Widerrede. Ich erkenne Hunger, wenn ich ihn sehe. Warten Sie hier." Dann eilte sie in die Küche, um eine Schüssel Eintopf aufzuwärmen, die sie einige Minuten später vor ihn auf den Verandatisch stellte.

Nachdem er sich satt gegessen hatte, sah er sie dankbar an. „Wie kann ich mich jemals für Ihre Güte revanchieren, gute Frau?"

Sie schüttelte den Kopf. „Das müssen Sie nicht."

„Bitte, lassen Sie mich meinen Dank ausdrücken. Darf ich wenigstens meine Arbeit anbieten? Ich bin gelernter Handwerker, und eine auf sich allein gestellte Frau —"

„Ich bin nicht allein", protestierte sie. „Ich lebe hier mit meinem Schwager."

„Nun, dann sollte ich meine Reise wohl besser fortsetzen."

„Warten Sie." Agnieszka hatte Mitleid mit ihm und fragte: „Wissen Sie, wie man ein Dach repariert? Oder in diesem Fall eins baut?"

Der Mann schaute hoch auf die Überreste der Dachkonstruktion und nickte langsam. „Ich habe vor vielen Jahren eine Ausbildung zum Zimmermann gemacht. Ich kann Ihnen sicher helfen."

„Wir können Ihnen nicht viel zahlen, aber wir können Ihnen Kost und Logis anbieten im Gegenzug für Ihre Arbeit." Sie sah ihn erwartungsvoll an. Stan würde so froh sein, dass sie endlich jemanden gefunden hatten, der das Dach reparieren konnte – noch dazu jemanden, den sie sich leisten konnten.

„Abgemacht. Zeigen Sie mir, was zu tun ist." Er stand vom Tisch auf und sie führte ihn ins Obergeschoss, wo er die Reste der Dachkonstruktion genau inspizierte. Eine Stunde später kam er mit einer Liste von Material, das er für den Anfang benötigte, in die Küche.

„Ich bin mir sicher, dass wir das meiste davon morgen in der Stadt besorgen können. Stan wird so froh sein."

„Worüber werde ich froh sein?" Stan kam grinsend durch die Tür.

„Amos wird das Dach reparieren und –"

Stans Gesichtszüge entgleisten, als er den anderen Mann sah. Er warf Agnieszka einen vernichtenden Blick zu. „Wer ist dieser Amos und was hat er in meinem Haus zu suchen?"

Agnieszka reichte ein kurzer Blick in Stans düstere Miene und auf die geballten Fäuste, um zu wissen, dass er kurz davor war, einen seiner berüchtigten Tobsuchtsanfälle zu bekommen. Da sie vor Amos keine Szene machen wollte, ging sie zu Stan und zischte im Vorbeigehen: „Nicht hier. Komm mit nach draußen."

Stan folgte ihr in den Gemüsegarten, wo er bebend vor unterdrücktem Zorn stehen blieb, sich zu ihr umdrehte und ungehalten fragte: „Wirst du mir jetzt endlich antworten?"

„Das werde ich. Amos –"

„Ihr seid also schon per Du." Stan starrte sie mit unverhohlener Wut an.

„Er ist ein Überlebender aus den Lagern. Ein Jude." Stans Blick wurde etwas weicher, als sie ihn flehend ansah. „Er hat um Wasser gebeten und dann seine Arbeitskraft angeboten. Es stellte sich heraus, dass er Zimmermann ist. Also habe ich ihn gefragt, ob er uns mit dem Dach helfen kann. Du suchst schon lange nach einem Handwerker, da dachte ich, du würdest dich freuen."

„Du hattest kein Recht, diese Entscheidung zu treffen, das ist immer noch mein Haus", presste Stan zwischen zusammengebissenen Zähnen hervor. „Außerdem kann ich ihn nicht bezahlen. Oder warum glaubst du, habe ich keinen Zimmermann aus Lodz beauftragt?"

„Das ist das Beste daran: Wir müssen ihn nicht bezahlen. Er hat angeboten, für Kost und Logis zu arbeiten."

„Was für ein durchgedrehtes Frauenzimmer bist du eigentlich? Lädst einfach einen Fremden in unser Haus ein? Wo soll er denn schlafen? Mit dir unter der Treppe, damit er dich nachts schön warmhalten kann? Nur über meine Leiche!" Stan schlug ihr die Worte wie Peitschenhiebe entgegen, mit jedem Wort lauter werdend.

Agnieszka hatte schon lange keine Angst mehr vor seinen Wutausbrüchen. Noch vor zehn Jahren hätte sie sich vor ihm geduckt. Er mochte ein griesgrämiger, schweigsamer und ruppiger Mann sein, doch sie wusste mit absoluter Sicherheit, dass er, egal in welcher Stimmung er war, niemals die Hand gegen sie erheben würde. Von diesem Wissen ermutigt, reckte sie ihr Kinn in die Höhe, baute ihre ganzen ein Meter fünfundsechzig vor ihm auf und blinzelte ihn entrüstet an. „Hörst du dir selbst eigentlich mal zu? So eine Respektlosigkeit werde ich nicht dulden."

„Es tut mir leid." Stan sackte in sich zusammen, wie ein Ballon, aus dem die Luft entwich. Obwohl er fast einen Kopf größer war als sie, schien er regelrecht auf ihre Größe zu schrumpfen. „Er kann trotzdem nicht im Haus bleiben. Er muss gehen."

„Schau mal. Dieser Mann ist die Antwort auf unsere Gebete." Agnieszka redete auf Stan ein wie auf ein störrisches Kind.

„Ich bete nicht", knurrte er.

„Ich aber. Und ich glaube, dass Amos aus einem guten Grund hier vorbeigekommen ist. Er hätte an jedem anderen Hof um Wasser bitten können. Warum bei uns? Findest du nicht auch, dass seine Ankunft ein glücklicher Zufall ist? Ein gelernter Zimmermann, der uns seine Hilfe anbietet? Zudem ein Jude? Wir können uns gegenseitig helfen: Er repariert für uns das Dach und wir geben ihm dafür Essen und eine Bleibe."

Stan starrte sie wütend an, sagte aber kein Wort.

„So kannst du weiter auf dem Feld arbeiten und das Dach wird trotzdem rechtzeitig vor dem Winter fertig", sagte sie und schaute dabei in sein Gesicht. Selbst jetzt, wütender als ein Kampfstier in der Arena, übte er eine unglaubliche Anziehungskraft auf sie aus, und sie musste ihre gesamte Selbstbeherrschung aufbringen, um seine raue, schwielige Hand nicht zu berühren.

„Na gut. Aber er schläft nicht im Haus oder sonst irgendwo in der Nähe, wo er dir was antun kann", sagte Stan schließlich.

Agnieszka nickte. Sie fand, dass sich Stan ziemlich albern aufführte. Dennoch schien es ihr angeraten, ihn nicht noch weiter zu reizen, als sie es ohnehin schon getan hatte.

„Wo schlägst du vor, dass er schlafen soll, wenn nicht im Haus?", fragte sie und sah Stan direkt in die Augen.

„Im Schuppen."

Sie zog die Augenbrauen hoch. „Und wo schläfst du dann?"

„Ich werde mein Lager in der Küche aufschlagen. Dann muss er erst an mir vorbei, falls er etwas Übles im Schilde führt."

„Wie du willst." Sie zuckte mit der Schulter und verkniff sich eine scharfe Erwiderung. Während ein Teil von ihr seinen Beschützerinstinkt schätzte, hätte sie ihm nur zu gerne unter die Nase gehalten, dass sie es die letzten sechs Jahre erfolgreich geschafft hatte, jegliche unerwünschten Annäherungsversuche ohne sein Eingreifen abzuwehren. „Das Abendessen ist fast fertig, du könntest in der Zwischenzeit mit Amos die Materialliste durchgehen."

Stan starrte sie wieder mürrisch an, nickte aber und stapfte ins Haus.

Sie blieb im Garten, wo sie Tomaten, Paprika und Salat für das Abendessen pflückte. Mit vollen Händen kehrte sie zum Haus zurück. Auf der Veranda verharrte sie einen Moment, um zu lauschen. Die beiden Männer schienen sich zivilisiert zu benehmen, denn sie hörte weder Gestreite noch Kampfgeräusche.

KAPITEL 12

Stan beäugte misstrauisch seinen Rivalen, als er in die Küche ging. Dieser verlotterte Kerl war nicht annähernd gut genug für Agnieszka. Sie verdiente etwas viel Besseres.

„Du bist also Amos, der Zimmermann? Ich bin Stan und das ist mein Haus."

„Deine Schwägerin hat mir das schon gesagt und ich bin sehr dankbar, hier arbeiten zu dürfen." Amos erwiderte Stans Blick mit demselben Misstrauen.

„Agnieszka ist eine anständige Frau und ich verspreche dir, du wirst dich in ein Nazilager zurückwünschen, wenn du sie jemals anrührst." Stan hatte nicht vor, um den heißen Brei herumzureden. Dieser Eindringling sollte ruhig wissen, woran er war. „Verstanden?"

„Laut und deutlich."

„Dann zeige ich dir, wo du schlafen kannst", sagte Stan und führte Amos aus dem Haus, gerade als Agnieszka vom Garten zurückkam. Durch die viele Zeit, die sie draußen verbrachte, hatte ihre fahle Haut eine gesunde Bräune angenommen. Außerdem hatte sie mindestens fünf Kilo zugenommen, seit sie, nur Haut und Knochen, auf seiner Veranda aufgetaucht war.

Die weiblichen Rundungen ihrer Hüften, Schultern und Wangen machten sie noch schöner. Selbst ihre verlockenden Lippen wirkten voller und jeder flüchtige Blick darauf brachte sein Blut in Wallung. Sie lächelte Amos zu, was Stan einen tiefen Stich der Eifersucht versetzte.

„Hier ist der Schuppen. Ich hoffe, der ist gut genug für dich." Stan zeigte auf die Matratze und die Decke, die auf der blanken Erde lagen.

„Danke. Ich hatte schon Schlimmeres." Amos stellte sein kleines Bündel Habseligkeiten ab.

Einen Augenblick erfassten Stan Schuldgefühle. Der abgerissene Mann, der verloren vor ihm stand, hatte so viel Schreckliches durch die Hand der Nazis erlitten. Aber das rechtfertigte nicht, dass Stan dem Fremden blind vertraute. Nicht, wenn es um Agnieszka ging.

„Wenn du etwas brauchst, sag Bescheid", sagte er, halb versöhnt. „Du kannst dich dort drüben am Brunnen waschen. Wir haben einen Holzzuber, aber nur kaltes Wasser."

„Das reicht. Ich brauche nicht viel. Und noch einmal vielen Dank für alles. Es ist wirklich freundlich, dass ich hier wohnen und arbeiten darf."

Ich bin nicht freundlich, sondern wünschte, du würdest lieber früher als später verschwinden, denn ich will dich nicht in Agnieszkas Nähe haben. „Das Abendessen ist fast fertig. Sei lieber pünktlich!" Nachdem er seine Anweisungen gegeben hatte, drehte Stan sich um und verließ den Schuppen. Neidisch musste er zugeben, dass Amos ein lebendes, atmendes Beispiel für alles darstellte, was Stan nicht war. Zunächst hatte er zwei funktionierende Beine, was ihn viel besser geeignet machte, um Agnieszka zu versorgen. Außerdem war dieser Amos ein Jude, genau wie sie, was ihn ganz offensichtlich zur besseren Wahl machte.

So sehr Stan glaubte, dass Agnieszka etwas Besseres als ihn verdient hatte, wünschte er sich jetzt, da ein potenzieller Nebenbuhler aufgetaucht war, sie würde als alte Jungfer sterben.

Das Abendessen war eine peinliche Angelegenheit, bei der Agnieszka versuchte, Konversation zu betreiben, während die beiden Männer es tunlichst vermieden, miteinander zu sprechen oder einander auch nur anzusehen. Stan floh vom Tisch, sobald er fertig gegessen hatte, froh darüber, dass er eine glaubwürdige Ausrede hatte.

Er verschwand mit den Worten: „Ich muss schnell rüber zu unseren Nachbarn und fragen, ob sie uns eine Decke ausleihen können."

Als er wiederkam, hatte Amos sich in den Schuppen zurückgezogen und Agnieszka schlief bereits tief und fest in ihrem Alkoven. Er betrachtete sie von der Küchentür aus, so zierlich und doch so stark. Ein Lächeln breitete sich auf seinem Gesicht aus, als er sich daran erinnerte, wie furchtlos diese Frau ihn vorhin zurechtgewiesen hatte. Nicht, dass er ihr das je sagen würde, aber ihr Verhalten imponierte ihm.

Er wandte sich betrübt ab. Agnieszka würde niemals die Seine werden. Aber Amos würde sie auch nicht bekommen – zumindest nicht, wenn er ein Wörtchen mitzureden hatte.

Mit nichts als der Decke, die Malgorzata ihm geliehen hatte, auf dem Küchenboden zu schlafen, war alles andere als bequem. Dennoch schlief er mit einem Lächeln auf dem Gesicht ein, denn er wusste, dass das Erste, was er am nächsten Morgen sehen würde, Agnieszkas liebliches Gesicht war.

Während der nächsten Tage setzte er alles daran, kleine Aufgaben zu finden, die sofort erledigt werden mussten. Arbeiten, die ihn im Haus oder Garten festhielten, von wo er nicht nur Agnieszka bewachen, sondern auch sicherstellen konnte, dass Amos ihr nicht zu nah kam.

Am dritten Tag hatte Agnieszka die Nase voll und konfrontierte ihn mit seinem Benehmen. Sie stellte sich neben ihn in den Garten, die Hände auf den Hüften und ein harter Ausdruck in den Augen: „Was machst du hier?"

Er legte das Stück Holz, welches er gerade in der Hand hielt, zur Seite und funkelte sie an. „Wonach sieht es denn aus? Ich bearbeite das Holz für den Zaun, den du ums Haus gebaut haben willst."

Stan wusste nicht recht, was er mit Agnieszka anfangen sollte, wenn sie ihn konfrontierte. Kein Mädchen und keine Frau, abgesehen von seiner Mutter und seiner Schwester Katrina, hatten das je gewagt. Normalerweise genügten ein einschüchternder Blick und eine erhobene Stimme, um jede Diskussion zu beenden. Bei Agnieszka jedoch nicht.

Die Unverzagtheit, mit der sie es mit ihm aufnahm, verärgerte ihn, und gleichzeitig bewunderte er sie dafür. *Gott, sie ist umwerfend, wenn sie wütend ist!*

Seine Gedanken wanderten und schon vermeinte er, ihre heisere Stimme zu hören, die ihm voller Leidenschaft befahl, sie heftig zu lieben. Seine Lenden regten sich und er konnte nur hoffen, dass sie die wachsende Beule in seiner Arbeitshose nicht bemerkte. Natürlich hatte er Erfahrungen mit dem anderen Geschlecht gemacht. Vor dem Krieg in Form heimlicher Treffen hinter dem Schuppen seiner Großeltern, später in den Wäldern mit den Dirnen, die mit den Partisanen gezogen waren.

Doch das war vor der Amputation seines Beines gewesen. Bevor er sich Frauen und Liebe für den Rest seines elenden Lebens versagt hatte. Lange, bevor er sich in Agnieszka verliebt hatte. Mit ihr würde er sich alle Zeit der Welt nehmen, um es für sie beide zu einem unvergesslichen Erlebnis zu machen.

Wenn doch nur …

„Hörst du mir überhaupt zu?", schalt ihn Agnieszka.

Er hatte nicht die geringste Ahnung, was sie gesagt hatte, doch das würde er niemals zugeben. „Ich höre schon zu, aber die eigentliche Frage ist doch, was dir das Recht gibt, infrage zu stellen, was ich mache?"

„Wenn du wertvolle Zeit mit unwichtigen Dingen verplemperst –"

„Unwichtig?" Stan konnte den aufbrausenden Jähzorn kaum unter Kontrolle halten. „Seit wann entscheidest du darüber, was wichtig ist und was nicht? Das ist immer noch mein Haus. Ich gebe hier die Befehle, nicht du."

Agnieszka verschränkte die Arme und musterte ihn abschätzig. „Möchtest du das wiederholen?"

Er schaute sie nur störrisch an, während er innerlich gegen die aufkochende Wut kämpfte.

„Lass mich dir eins klar machen, Stan: Ich nehme von dir keine Befehle entgegen." Agnieszkas Augen glitzerten gefährlich.

Brodelnd vor Rage, purzelten die Worte aus seinem Mund, ehe er sie aufhalten konnte. „Das ist mein Bauernhof. Ich bin hier der Chef. Deshalb tust du, was ich sage, nicht andersherum." Ein kurzer Blick in ihre Augen, in die ein störrisch-feindseliger Ausdruck eingezogen war, sagte ihm, dass er einen Fehler gemacht hatte.

„Wenn das wirklich deine Meinung ist, dann ist es vermutlich an der Zeit für mich, zu gehen." Sie reckte das Kinn in die Höhe und holte tief Luft. „Sechs lange Jahre wurde ich gezwungen, jede stupide Regel zu befolgen, jedem grausamen Befehl zu gehorchen, den die Nazis mir erteilt haben. Ich bin fertig mit Gehorchen. Sowas lasse ich mir von niemandem mehr gefallen, schon gar nicht von dir."

„Bitte, du musst nicht gehen", bettelte Stan sie an, als ihm klar wurde, dass sie ihre Drohung ernst meinte.

„Nun, das ist nicht das, was ich höre. Entweder darf ich hier mitreden oder ich bin weg."

Verlustangst packte ihn, sodass er seine Wut und seinen Stolz herunterschluckte. „Es tut mir leid." Er machte eine lange Pause und gab schließlich kleinlaut zu: „Womöglich habe ich etwas überreagiert."

„Du hast von der ersten Minute an überreagiert, seit Amos auf dem Hof erschienen ist." Ihre Stimme wurde weicher, ihre Augen hingegen zeigten noch immer die Entschlossenheit, nicht klein beizugeben.

„Sieh mal, ich gebe ja zu, dass seine Ankunft mich aus der Bahn geworfen hat. Aber nur, weil ich versuche, dich zu beschützen. Ich habe mir geschworen, dass niemand dir je wieder ein Leid zufügen wird. Nicht, solange ich aufpasse." Das kleine Lächeln auf ihrem Gesicht spornte ihn an, weiterzureden: „Ich entschuldige mich, dass ich ein Esel war, und verspreche, es nicht wieder zu tun. Aber bitte, geh nicht. Bitte."

Sie starrte ihn noch ein paar Sekunden an und nickte dann. „Gut." Dann machte sie auf dem Absatz kehrt und stapfte davon.

Stan fühlte sich wie der größte Volltrottel der Welt, während er beobachtete, wie sie im Haus verschwand. Er hasste es, dass Agnieszka ihn wieder von seiner schlimmsten Seite erleben musste. Allerdings konnte er einfach nicht tatenlos rumsitzen und zusehen, wie jemand anders angeflattert kam und sie ihm wegschnappte.

KAPITEL 13

Agnieszka lief seit fast einer Stunde zügig die Straße entlang.

Weg. Weg. Nur weg von dem Mann, der sie mit seinem Gehabe zur Weißglut trieb. Was um alles in der Welt verleitete ihn dazu, sich wie ein Wilder aufzuführen, seit Amos auf den Hof gekommen war?

Sie hatte angenommen, er würde sich genauso freuen wie sie, endlich jemanden gefunden zu haben, der das Dach reparieren konnte. Obendrein einen gelernten Zimmermann, den sie nicht bezahlen mussten.

Sah Stan denn nicht, dass das Haus dauerhaft Schaden nehmen würde, wenn es einen weiteren Winter ohne sein Dach erlebte? Wusste er nicht, dass sie nicht darin leben konnten, wenn der kalte Ostwind Tag und Nacht hineinfegte? Hatte er überhaupt eine Vorstellung davon, wie unbewohnbar es sein würde, sobald die schweren Herbststürme Regen und Schnee brachten? Wollte er wirklich den ganzen Winter in dem klapprigen, nicht beheizbaren Schuppen verbringen?

Trotz seiner Beteuerungen, dass zwischen ihnen nie mehr als Freundschaft sein konnte, hatte er sich so benommen, als würde sie ihm gehören. Sie hatte seinen Beschützerinstinkt durchaus geschätzt. Nach der langen Zeit, die sie ganz auf sich allein gestellt gewesen war, war es zur Abwechslung angenehm gewesen, dass sich jemand um ihr Wohlergehen kümmerte.

Doch seit Amos da war, ging Stan entschieden zu weit damit. Nachdem sie von den Nazis all diese Jahre als wertloser Untermensch behandelt worden war, würde sie lieber verdammt sein, als jemandem zu gestatten, sie zu beherrschen. Sogar wenn es, wie bei Stan, gut gemeint war.

Natürlich war der Bauernhof sein Haus. Aber es war ihre Arbeit, ihr Schweiß und ihre Mühe, die ihn wieder in ein Heim verwandelt hatten. Bisher schien er das eingesehen zu haben und hatte sie im Haus und im Garten nach Gutdünken schalten und walten lassen.

Warum um alles in der Welt begann er jetzt damit, jeden ihrer Schritte zu überwachen? Dachte sich Ausreden aus, um den ganzen Tag im Haus herumzulungern? Hatte sie etwas falsch gemacht? War er wirklich noch wütend darüber, dass sie sich die Freiheit herausgenommen hatte, einen Zimmermann für das Dach einzustellen?

Ich dachte, er würde sich freuen. Ich dachte, er wollte auch, dass wir diesen Winter ein gemütliches Heim haben.

Sie schüttelte den Kopf; an seinem Verhalten war nichts durchschaubar oder nachvollziehbar. Nach weiteren fünfzehn Minuten strammen Marschierens bog sie auf eine andere Straße ab, die in einem Bogen zurück zum Bauernhof führte. Ihre Wut verrauchte allmählich, zurück blieb eine tiefe Traurigkeit.

Ohne es zu bemerken, war sie fast wieder beim Bauernhof

angekommen und näherte sich dem Nachbarshaus, gerade als Malgorzata herauskam, um die trockene Wäsche abzuhängen.

„Guten Tag Agnieszka, kommst du aus der Stadt?"

„Nein, ich habe nur einen Spaziergang gemacht", antwortete sie.

„Einen Spaziergang?" Malgorzata runzelte die Stirn. Bauersfrauen machten normalerweise keine Spaziergänge, denn woher sollten sie die Zeit dafür nehmen? „Wenn du einen Spaziergang machst, dann muss etwas ganz im Argen sein. Komm rein und trink einen Tee mit mir."

Agnieszka warf Malgorzata einen unschlüssigen Blick zu und schaute dann in die Ferne zum Hof. Es war verlockend, mit einer erfahrenen Frau zu sprechen. Vielleicht hatte sie eine Erklärung für Stans absurdes Verhalten.

„Tadzio hat mir erzählt, dass ihr jemanden gefunden habt, der das Dach repariert", sagte Malgorzata, während sie Salbeitee aus einer Thermoskanne in zwei Tassen einschenkte und Agnieszka eine davon reichte.

„Ja, Amos ist ein Überlebender aus den Lagern und hat angeboten, für Kost und Logis zu arbeiten." Agnieszka nippte an dem heißen aromatischen Getränk.

„Das wurde auch langsam Zeit. Es wird·nicht mehr lange dauern, bis die Herbststürme kommen", sagte Malgorzata mit gerunzelter Stirn.

„Ich weiß. Und bis dahin ist so viel zu tun. Stan sagt die ganze Zeit, dass wir mindestens zwei Wochen Sonne brauchen, bevor die Ernte eingeholt werden kann. Hoffentlich geht sich das alles aus."

Malgorzata betrachtete sie eingehend, sagte aber kein Wort.

Agnieszka schaute sich um. „Wo sind deine Kinder?"

„Tadzio hat Lola mit in den Wald genommen, um Pilze zu sammeln. Wir sind allein." Malgorzata zwinkerte ihr verschwörerisch über die Teetasse zu. „Du kannst mir jederzeit erzählen, wo der Schuh drückt."

„Es ist nur ... Stan benimmt sich so unvernünftig. Er repariert ständig irgendwelche Kleinigkeiten ums Haus herum, anstatt wie bisher auf den Feldern zu arbeiten. Ich mache mir Sorgen, dass wir im Winter nicht genug zu essen haben."

„Was macht dir noch Sorgen?" Malgorzatas blaue Augen schienen die Wahrheit bereits zu wissen, was Agnieszka den Mut gab, die Dinge beim Namen zu nennen.

„Stan. Er hat sich verändert. Er ist so grüblerisch, wortkarg und gereizt geworden."

„Das klingt ganz nach dem Stanislaw, den wir alle kennen und fürchten."

Agnieszka seufzte. „Als er jünger war, ja. Seit ich auf dem Hof bin, ist er anders. Fürsorglich, freundlich und beschützend."

„Beschützend? Dir gegenüber?" Malgorzata runzelte die Augenbrauen.

„Ja."

Malgorzata fing laut an zu lachen. „Das erklärt alles!"

Agnieszka starrte die andere Frau mit großen Augen an, ohne den Hauch einer Ahnung, wovon sie sprach.

„Er ist eifersüchtig."

Diese Feststellung verwirrte Agnieszka nur noch mehr. „Eifersüchtig? Stan? Aber warum denn? Und auf wen?"

„Weil dieser Zimmermann dir mit *diesem* Blick hinterherschaut, egal, wohin du gehst. Stan hat Angst, dass er dir Avancen macht."

„Mir?" Agnieszka war perplex. Amos hatte ihr nie mehr Aufmerksamkeit geschenkt, als im Zusammenleben erforderlich, und selbst dann war er immer auf Abstand geblieben. Er benahm sich ihr gegenüber nicht einmal freundschaftlich, sondern eher geschäftsmäßig. Und Stan sollte eifersüchtig sein? Hatte er nicht deutlich gesagt, dass zwischen ihnen nie mehr als Freundschaft sein konnte?

„Oh ja. Dieser Zimmermann beobachtet dich wie ein Habicht, und zwar mit dem Blick eines Mannes, der eine Frau begehrt."

„Ich hatte ja keine Ahnung." Agnieszka schüttelte den Kopf.

Malgorzata tätschelte ihren Arm. „Kein Grund zur Sorge. Es ist besser, zwei Bewunderer zu haben, als nur einen."

„Zwei?" Agnieszkas Gehirn war wie betäubt von all den neuen Erkenntnissen, die Malgorzata ihr präsentierte. Konnte das stimmen?

„Ich habe dir schon mal gesagt, dass Stanislaw was für dich übrighat –"

„Das war Jarek", unterbrach Agnieszka sie.

Einen Moment lang runzelte Malgorzata die Stirn, dann zuckte sie mit den Schultern. „Ich konnte die beiden nie auseinanderhalten. Wie dem auch sei, jetzt gibt es nur noch Stanislaw, und der hat sich schwer in dich verguckt. Sowas bringt einen Mann schon mal dazu, ohne Sinn und Verstand zu handeln. Jetzt liegt es an dir, welchen von beiden du gern ermutigen möchtest."

Agnieszkas Herz raste, während ihr die Hitze in die Wangen schoss. Da musste sie nicht lange überlegen, die Antwort lag glasklar auf der Hand. „Ich finde Stan sehr anziehend." Nur an seinen nackten Oberkörper bei der Feldarbeit zu denken, ließ ihre Haut prickeln. Selbst die hässlichen Narben auf seinem Rücken konnten dem keinen Abbruch tun. Als ob sie jegliche Zweifel an ihren

Gedankengängen ausmerzen müsste, fügte sie schnell hinzu: „Ich meine seine Persönlichkeit genauso wie sein Aussehen."

„Stanislaw ist auf jeden Fall ein gutaussehender Bursche, selbst mit nur einem Bein. Und ich kann dir sagen, dass mehr als eine Frau in der Stadt sich die Finger danach lecken würde, eine Runde mit ihm durchs Heu zu rollen."

Agnieszka war schockiert. Das war so eine skandalöse und doch seltsam aufregende Vorstellung.

„Ich sehe schon, die Idee gefällt dir", kicherte Malgorzata.

„Er hat mir gesagt, dass es zwischen uns nie mehr als Freundschaft geben kann."

„Ach, hat er das?" Malgorzata zog eine Augenbraue hoch. „Und warum sollte das so sein?"

„Weil ... weil er denkt, dass ich etwas Besseres verdiene." *Weil er das Gefühl hat, kein richtiger Mann mehr zu sein.*

„Nun, dieser Blödsinn ist nur ein weiteres Zeichen dafür, dass er Hals über Kopf in dich verliebt ist. Jetzt musst du ihn nur noch ermutigen, den ersten Schritt zu tun."

Die Erkenntnis knipste ein Licht in Agnieszkas Gehirn an und plötzlich ergab sein widersprüchliches Benehmen einen Sinn. Sie wollte den dämlichen Stolz aus ihm herausschütteln und ihm sagen, wie die Dinge wirklich standen. Nämlich, dass sie niemand anderen wollte als ihn.

„Jetzt geh und mach Stanislaw klar, dass du kein Interesse an diesem anderen Mann hast. Der kriegt sich mit der Zeit schon wieder ein. Er braucht eine resolute Frau wie dich an seiner Seite. Das Alleinsein bekommt ihm nicht gut."

Auf dem Weg zurück zum Bauernhof schwankte Agnieszka zwischen Ärger auf ihn und dem Wunsch, dass er sie wieder in die Arme nahm und küsste.

KAPITEL 14

Als sie das Bauernhaus erreichte, stand die Sonne schon tief am Horizont und schickte ein goldenes Licht über die Felder. Für eine Sekunde glaubte sie, die gelben Garben zu sehen, die ihre schweren Köpfe im Wind neigten, wie sie es vor dem Krieg jeden Spätsommer getan hatten. Sie blinzelte und das Bild verpuffte, die Felder lagen brach, abgesehen von den wenigen grünen Flächen, die Stan und Tadzio mit einer Herkulesanstrengung im Wettlauf gegen die Zeit beackert hatten.

Die Luft war noch warm, doch es roch nach Regen, kühlen Nächten und dem Ende des Sommers. Es war die Zeit, um Brombeeren zu pflücken, Pilze zu sammeln und Rotwild zu jagen. Sie würde Malgorzata fragen müssen, wie man Fleisch pökelte, um es für den Winter haltbar zu machen. Falls Stan überhaupt in der Lage war, jagen zu gehen.

Die neue Verwaltung hatte allen Bürgern in Polen befohlen, sämtliche Waffen abzuliefern, aber sie wusste, dass Stan ein Gewehr im Schuppen versteckt hatte. Nun, vielleicht nicht mehr im Schuppen, seit Amos dort sein Quartier aufgeschlagen hatte.

Ihre Gedanken drifteten von der freundlichen Persönlichkeit des Zimmermanns zu Stans mürrischem Wesen. Jeder vernünftige Mensch würde ihr vermutlich raten, deswegen mal einen Arzt aufzusuchen, aber sie zog den ungestümen, launischen, grüblerischen Mann mit dem Holzbein dem stillen, freundlichen und leise sprechenden Amos hundertmal vor. Doch wie genau sollte sie den sturköpfigen Stan dazu ermuntern, den ersten Schritt zu wagen, wie Malgorzata vorgeschlagen hatte?

Als sie um die Ecke ging, rannte sie ihn beinahe um. Sein grimmiges Gesicht konnte es mit einer Vogelscheuche aufnehmen. „Da bist du ja endlich! Ich habe mir solche Sorgen um dich gemacht."

„Ich musste meine Wut auf dich abreagieren." Sie hielt es für besser, ihren Besuch bei Malgorzata nicht zu erwähnen. Womöglich würde er sonst nachfragen, worüber die beiden Frauen geredet hatten. Sie wäre nicht in der Lage, ihn anzulügen, konnte ihm aber ebenso wenig mitteilen, was Tadzios Mutter vorgeschlagen hatte.

„Ich schätze, das habe ich verdient." Seine strahlend blauen Augen ruhten auf ihr. Machten sie unruhig. Der schuldbewusste Blick stahl kein Gramm seiner Attraktivität und sie wand sich unter seinem prüfenden Blick.

„Wahrscheinlich", erwiderte sie, zuckte mit den Schultern und ging um ihn herum durch die Hintertür in die Küche. Stan folgte ihr wie ein Hündchen und ließ sich auf einen der Stühle fallen. Sein bohrender Blick in ihrem Rücken war unerträglich.

„Was willst du?", schnappte sie schließlich und drehte sich um, um ihn wütend anzufunkeln. Doch der Mann, der dort saß, glich einem begossenen Pudel. Sein schuldbewusster Blick erweichte ihr Herz.

„Wir müssen reden", sagte er und deutete auf den Stuhl ihm gegenüber. „Bitte?"

Sie nickte, strich mit den Händen ihr Kleid glatt und ging mit klopfendem Herzen zu ihm hinüber. Würde er sie bitten, den Hof zu verlassen? Sie wollte nicht gehen. Trotz seiner Stimmungsschwankungen konnte sie sich nicht vorstellen, ohne ihn an ihrer Seite zu leben.

Seit sie vor zwei Monaten vor seiner Tür gestanden hatte, hatte sie sich daran gewöhnt, ihn um sich zu haben. Mit ihm zu reden. Mit ihm zu scherzen. Mit ihm zu lachen. Er stellte sicher, dass sie alles hatte, was sie brauchte, und seit Jahren hatte sie sich nicht mehr so wohl gefühlt wie in seiner Gegenwart. Außer natürlich, wenn er sich wie ein eifersüchtiger Esel aufführte. Sie biss sich auf die Lippe, um nicht zu lachen. Wie konnte er nur annehmen, dass sie einen freundlichen, aber langweiligen Mann wie Amos bevorzugte?

Sobald sie sich gesetzt hatte, begann er: „Es tut mir so leid. Ich hatte kein Recht, so mit dir zu reden, wie ich es getan habe. Es ist nur, ich bin so wütend und desillusioniert. Manchmal überwältigt mich das und ich explodiere. Aber du weißt, dass ich dir niemals wehtun würde, nicht wahr?"

„Das weiß ich, aber ..."

„Aber? Hast du Angst vor mir?", fragte er, die Anspannung erkennbar in seiner verkrampften Miene.

„Nein." Sie lächelte. „Früher, als wir jung waren, hatte ich Angst vor dir. Jeder hatte das. Du hattest einen ziemlich üblen Ruf." Die Verlegenheit auf seinem Gesicht war unbezahlbar. „Aber das war vor langer Zeit. Wir sind inzwischen beide erwachsen geworden und wir haben Dinge durchgemacht, die kein Mensch je erleben sollte." Sie hielt inne, während ihre Schultern von einem Schauer erbebten.

„Wenn ich das alles ungeschehen machen könnte, würde ich es tun." Seine wundervollen blauen Augen wurden weich, streichelten sie, überschütteten sie mit Zärtlichkeit.

„Ich weiß, dass du das tun würdest, und glaub mir, du bist der Grund, warum ich noch nie in meinem Leben glücklicher war als jetzt, trotz der vielen schlimmen Dinge, die passiert sind."

„Wirklich?" Er strahlte vor Freude und nahm ihre Hand zwischen seine riesigen Pranken. Sie liebte das raue Kratzen seiner Schwielen auf ihrer Haut und wünschte sich nichts sehnlicher, als für immer in seinen Armen zu liegen.

„Wirklich", bestätigte sie. „Das bedeutet nicht, dass ich nicht traurig, wütend, verletzt und kriegsbeschädigt bin. Aber die Vergangenheit ist ein Teil dessen, was uns ausmacht, was uns zu der Person geformt hat, die wir jetzt sind. Ich für meinen Teil möchte mich auf die Gegenwart konzentrieren, und auf eine bessere Zukunft."

„Agnieszka, ich ... Du bist ein so viel besserer Mensch als ich. Du hast so ein sanftes Gemüt, das selbst die Nazis nicht zerstören konnten. Ich verspreche dir, dass ich ab jetzt mein Temperament besser im Griff habe."

„Ich verstehe nicht mal, was deinen Wutausbruch überhaupt ausgelöst hat", sagte sie. „Ich dachte, du freust dich, dass wir endlich jemanden gefunden haben, der das Dach vor dem Winter repariert."

Ein Schatten fiel auf sein Gesicht. „Du hast recht. Ich sollte froh sein, aber in dem Moment, als ich Amos gesehen habe, hatte ich Angst, dass er dich mir wegnimmt."

Malgorzata hatte also doch recht! Agnieszka riss die Augen weit auf. „Du benimmst dich so unerträglich, weil du eifersüchtig bist?"

„Ich fürchte, ja. Erinnerst du dich, dass ich dir gesagt habe, es kann nur Freundschaft zwischen uns geben?"

Sie nickte. Natürlich erinnerte sie sich. Wie sollte sie die verletzendsten Worte vergessen, die er je zu ihr gesagt hatte?

„Ich habe gelogen."

„Gelogen? Warum?" Sie schnappte hörbar nach Luft, während sich Schmetterlinge in ihrem Bauch überschlugen.

„Weil ich nur das Beste für dich will und ich bin nicht der Beste, den du haben kannst." Nach diesen selbstkritischen Worten schaute er so traurig, dass es ihr beinahe das Herz zerriss.

„Habe ich auch ein Wörtchen mitzureden, was das Beste für mich ist?" Sie probierte ein kleines Lächeln, damit er endlich aufhörte, so stur zu sein und sie einfach in die Arme nahm.

„Wenn du darauf bestehst." Stan beugte sich vor und brachte seine hellblauen Augen auf eine Höhe mit ihren. Plötzlich hörte die Welt auf, sich zu drehen. Für eine Sekunde blickte Agnieszka tief in die gequälte Seele, die hinter diesen Augen verborgen lag. Sie wusste nicht wie und wann, aber als die Wirklichkeit sie wieder einholte, lag sie in seinen Armen, eng an seine breite Brust gepresst.

„Ich möchte dich küssen", flüsterte er ihr ins Ohr.

Agnieszkas Augen wurden rund vor Verblüffung. Sie hob den Kopf, um ihn anzusehen, und die Zärtlichkeit in seinen Augen war alles, was sie brauchte, um zu antworten: „Ja. Küss mich."

Stan hob eine Hand, schob seine Finger in die Haare an ihrem Nacken und brachte vorsichtig ihren Kopf in den richtigen Winkel. Unendlich langsam senkten sich seine

Lippen, schwebten einen Moment über den ihren, ehe sie schließlich auf ihrem Mund landeten. Die zarte Berührung jagte elektrisierende Schauder durch ihren gesamten Körper.

Unsicher überlegte sie, was von ihr erwartet wurde. Dann zeichnete seine Zunge die Kontur ihrer Lippen nach, wirbelte ihren Verstand durcheinander und würde sie im nächsten Moment in ein stammelndes, willenloses Etwas verwandeln. Sein Mund bewegte sich von ihrem weg und legte eine Spur kleiner Küsse auf ihre Wange, wodurch sie die Gelegenheit bekam, sich von dem Angriff auf ihre Sinne zu erholen.

Panik stieg in ihr auf. „Warte, Stan."

„Was ist denn, Liebling?" Sein Mund hatte ihr Ohrläppchen erreicht und er knabberte daran, was die Schmetterlinge in ihrem Bauch in hellen Aufruhr versetzte.

„Hör noch nicht auf, mich zu küssen", flüsterte sie. Überrascht von ihrer eigenen Kühnheit schloss sie schnell die Augen und hoffte, dass er es nicht gehört hatte. Doch dem war nicht so.

Stan stieß ein leises, kehliges Glucksen aus. „Wie Sie wünschen, gnädige Frau", murmelte er, bevor er den Weg zurück zu ihrem Mund küsste. Seine Hände hielten sie noch immer fest, trotzdem drängte sie sich verzweifelt näher an ihn heran, wollte seine Anwesenheit in sich aufsaugen und seine Kraft spüren. Der intensive Genuss brachte die nervende Stimme in ihrem Kopf zum Schweigen, die darauf bestand, dass sich eine anständige Frau nicht so benahm.

Wenn seine starken Hände sie nicht gehalten hätten, wären ihr die Beine weggesackt. Noch nie hatte sie sich so schwach gefühlt. Noch nie hatte sie sich so gut gefühlt. Noch nie war sie so geküsst worden. Wenn es nach ihr ginge, konnte dieser Kuss ein Leben lang andauern. Agnieszkas Gehirn war herrlich leergefegt und sie gab sich den

Empfindungen hin, die er in ihr auslöste, wobei sie den kleinen Angstschauder ignorierte, der sie drängte, sich von ihm zu lösen.

In seinem Kuss lagen so viele Gefühle: Stärke. Entschlossenheit. Verlangen. Liebe. Aber auch das Versprechen einer gemeinsamen Zukunft. Einer Zukunft, in der die schrecklichen Kriegserlebnisse hinter ihnen lagen und sie miteinander glücklich sein konnten, in einer friedlichen Welt. Ohne den Tod und die Verzweiflung als ständige Begleiter.

In einer Welt, in der sie morgens aufstand und sich auf den Tag freute, anstatt sich davor zu fürchten, was er Schreckliches bringen mochte, und sich zu fragen, ob sie ihn überleben würde. All das und viel mehr lag in seinem Kuss. Stan musste sie beide bewegt haben, denn irgendwann bemerkte sie, wie ihr Rücken gegen die Wand gepresst wurde.

Ein Räuspern riss Agnieszka aus ihrem Gefühlstaumel und sie schlug die Augen auf. Als sie Amos erblickte, fuhr sie so heftig zurück, dass ihr Kopf gegen die Wand schlug. Stan ließ sie schwer atmend los und sah aus, als wollte er den Störer am liebsten ermorden.

Sie senkte den Blick und konnte doch nicht verhindern, dass ihre Wangen und Ohren vor Scham glühten, weil sie in einer solch ungebührlichen Situation überrascht worden war.

„Schau nicht so, als wäre die Welt gerade untergegangen. Wir haben nichts Schlimmes getan", flüsterte Stan, wobei er sich vor sie stellte, um sie vor Amos' Blick abzuschirmen. Sie war dankbar für die Gelegenheit, ihr inneres Gleichgewicht wiederzuerlangen. Instinktiv strich sie ihren Rock glatt. Doch wie sollte sie Amos je wieder in die Augen schauen, nachdem er Zeuge ihres unziemlichen Verhaltens geworden war?

„Entschuldigung. Ich dachte, ich hätte ein Geräusch

gehört", sagte Amos, offensichtlich ebenso peinlich berührt wie sie.

Agnieszka beschloss, so zu tun, als sei nichts geschehen, und reckte sich zu ihrer vollen Größe auf, ehe sie hinter Stans Rücken hervortrat. „Das Abendessen ist in zehn Minuten fertig."

KAPITEL 15

Stan schämte sich nicht dafür, Agnieszka geküsst zu haben, aber ein Blick reichte, um zu erkennen, dass *sie* zutiefst beschämt war, auf frischer Tat ertappt worden zu sein. Also entschied er sich dazu, Amos aus der Küche zu locken, damit sie Gelegenheit hatte, ihre Fassung wiederzuerlangen.

„Könntest du mir bitte kurz draußen zur Hand gehen?", fragte Stan Amos.

„Natürlich", sagte Amos freundlich, wobei das missbilligende Aufblitzen in seinen Augen seine Worte Lügen strafte.

Seinem Nebenbuhler dicht auf den Fersen, ging Stan in den Garten hinaus. Die Enttäuschung über zerstörte Hoffnungen bei Agnieszka strömte aus jeder von Amos' Bewegungen, sodass er Stan fast leidtat. Die ganze Zeit über hatte er gespürt, dass Amos ein Auge auf Agnieszka geworfen hatte. Verständlicherweise, denn sie war nun mal eine wunderbare Frau. Aber Amos würde sie nicht bekommen. Nicht, solange Stan etwas zu melden hatte.

Sein Herz jubelte bei der Erinnerung an den leidenschaftlichen Kuss. Es war gewiss nicht sein erster Kuss gewesen, trotzdem hatte er ihm den Atem verschlagen, und Stan wagte gar nicht, sich vorzustellen, was passiert wäre, wenn sie nicht gestört worden wären. Wieder einmal ermahnte er sich, dass er es mit Agnieszka langsam angehen lassen musste.

„Wobei soll ich dir helfen?", fragte Amos und brachte Stan damit einen Moment lang aus der Fassung.

„Äh …" Sein Blick fiel auf ein Stück Holz, das er abgeschliffen hatte, um daraus ein Regal zu bauen. „Ich kann das nicht allein auf die Veranda tragen."

Amos warf ihm einen ungläubigen Blick zu. Er hatte Stan bei Weitem schwerere Dinge tragen sehen. Trotzdem packte er wortlos mit an.

„Das Essen ist fertig", rief Agnieszka kurz darauf aus der Küche.

„Ich esse später. Ich muss noch was am Dach fertig machen, ehe es dunkel wird", sagte Amos.

„Natürlich. Ich werde Agnieszka bitten, dir das Essen warmzuhalten." Als Amos um die Hausecke verschwunden war, stieß Stan einen tiefen und zufriedenen Seufzer aus. Der Mann hatte verstanden. Er würde es nicht wagen, sich an Stans Frau heranzumachen.

Am nächsten Morgen wurde Stan von jemandem geweckt, der sich in die Küche schlich, wo er schlief. Er öffnete ein Auge in der Hoffnung, es wäre Agnieszka, die ihren Kuss vom Vorabend wiederholen wollte. Zu seiner Enttäuschung war es jedoch Amos, der einige Scheiben Brot abschnitt und sie in seinen Beutel stopfte.

Was zum Teufel? Stan öffnete beide Augen und fragte: „Was machst du da?"

„Ich bin schon zu lange geblieben. Ich muss mich auf den Weg machen, sonst erreiche ich mein Ziel nicht, ehe das Wetter umschlägt", antwortete Amos.

Es war eine dürftige Ausrede. Als Sieger im Kampf um Agnieszkas Gunst fühlte Stan sich großzügig, also ließ er sich nichts anmerken. Er stand auf, reichte Amos einen Beutel mit Kartoffeln und sagte: „Vielen Dank und gute Reise."

„Danke. Und pass gut auf sie auf." Mit diesen Worten verließ Amos die Küche durch den Hintereingang und ging in Richtung Straße davon.

„Was ist hier gerade passiert?" Agnieszka betrat mit einem misstrauischen Blick die Küche.

„Nichts."

„Nichts?"

„Amos ist gegangen."

„Er ... ist was?"

Stan ging einen Schritt auf sie zu und drückte ihr einen sanften Kuss auf die Wange, woraufhin sie in seine Arme sank. Er hielt ganz still, kostete den Augenblick aus und verschwendete keinen Gedanken mehr an Amos oder das halbfertige Dach. Der Mann konnte ihm für immer gestohlen bleiben. Allerdings währte der Frieden nur kurz, dann befreite sich Agnieszka aus seiner Umarmung und sah ihn streng an.

„Hattest du irgendwas mit diesem plötzlichen Aufbruch zu tun?"

„Nein. Großes Indianerehrenwort." Er legte die Hand auf seine Brust.

Sie kicherte und gab ihm einen Klaps auf die Schulter. „Du

solltest dich besser nicht erwischen lassen, wenn du einen Meineid schwörst."

„Du solltest mich lange genug kennen, um zu wissen, dass ich meine Versprechen immer halte."

„Das tue ich." Ihre tiefgrünen Augen blickten in seine und ein warmes Gefühl breitete sich von seinem Herzen im ganzen Körper aus, gefolgt von einem intensiven Verlangen nach ihr. Seine Selbstbeherrschung hing an einem seidenen Faden, als Agnieszka sich wieder an ihn schmiegte und den Kopf auf seine Schulter legte.

Der frische Duft ihrer Haare kitzelte seine Nase und mit einem Mal fühlte er sich rundum glücklich. Er presste sie fest an sich und bedeckte ihren Kopf mit kleinen Küssen.

„Gute Frau, du solltest besser einen Schritt zurücktreten, sonst kann ich für meine Handlungen keine Verantwortung übernehmen", stöhnte er.

Agnieszka sprang erschrocken zurück. „Meinst du das ernst?"

Er öffnete den Mund, um zu lachen, doch das Entsetzen in ihren Augen hielt ihn davon ab. „Es tut mir leid, Liebling, wenn ich dir Angst gemacht habe. Ich habe solche Sehnsucht nach dir; viel mehr, als ich je für möglich gehalten hätte. Aber auch wenn ich vor Verlangen fast umkomme, würde ich niemals etwas tun, was du nicht willst."

Sie nickte, scheinbar beruhigt.

„Vertraust du mir?", fragte er in der plötzlichen Angst, sie könnte davonlaufen.

Sie nickte wieder.

„Ich muss hören, dass du es sagst, Agnieszka. Bitte, sprich es aus. Sag mir, dass du mir vertraust und keine Angst vor mir hast."

Endlich entspannten sich ihre Gesichtszüge und sie

lächelte ihn an. „Ich vertraue dir, Stan. Und ich habe keine Angst vor dir."

Statt einer Antwort schlang er wieder seine Arme um sie. So sehr er sie für immer festhalten, küssen und liebkosen wollte, mussten sie sich doch wieder dem Alltag mit seinen vielen Problemen widmen. „Wir sollten uns mal das Dach anschauen, ehe wir frühstücken", schlug er vor.

Gemeinsam stiegen sie die Treppe hinauf. Inzwischen war er so geübt im Umgang mit seiner Prothese, dass nur ein aufmerksamer Beobachter die kurze Pause vor jedem zweiten Schritt bemerkt hätte. Es strengte ihn immer noch an, doch zum ersten Mal musste er nicht nach Luft japsen, als er im ersten Stock ankam.

Links lag das Schlafzimmer, das erst seinen Großeltern und dann seinen Eltern gehört hatte. Fast ehrfürchtig ging er hinein, gefolgt von Agnieszka. Als ob sie seine Stimmung lesen könnte, legte sie ihre Hand auf seinen Arm und sagte: „Es tut mir so leid."

Stan biss sich auf die Lippen. Seine Eltern waren tot, von den Nazis ermordet, genau wie Jarek. Wie immer, wenn er an seinen Zwillingsbruder dachte, wallte Verzweiflung in ihm auf. Er schloss die Augen und schluckte seine Gefühle herunter, verbannte die Verzweiflung dahin, wo er die Traurigkeit eingesperrt hatte; tief begraben in seinem Herzen unter einer Mauer von Wut – sie war das einzige Gefühl, das er sich zu spüren erlaubt hatte.

Bis Agnieszka gekommen war und mit ihrer heiteren Art nach und nach den Panzer ins Bröckeln gebracht hatte. Doch mit der Freude hatten sich auch Kummer, Schmerz und Leid wieder einen Weg an die Oberfläche gebahnt. Da war es allemal besser, wütend zu sein.

„Das sieht ziemlich gut aus", brach Agnieszka schließlich

das Schweigen und zeigte nach oben, wo kein Sonnenstrahl durch das reparierte Dach fiel. Die Innenarbeiten fehlten, aber das war eher kosmetischer Natur. Weder der Herbstwind noch der Regen konnte in das Zimmer eindringen.

Stan rieb sich den Bart, während er prüfend jede Einzelheit in Augenschein nahm. „Ich denke, so wird es den Winter gut überstehen. Aber lass uns in die Zimmer auf der anderen Seite gehen." Rechts von der Treppe waren zwei kleinere Räume, eines davon hatte er sich früher mit Jarek geteilt. Er blieb vor der geschlossenen Tür stehen. Hier waren sie aufgewachsen, hatten Freud und Leid geteilt. Hatten gespielt, gemeinsam Streiche ausgeheckt, Hausaufgaben gemacht. Später, in ihrer Jugend, waren sie heimlich durch das kleine Fenster ausgestiegen und waren von dort in die weiche Erde gesprungen, um sich davonzustehlen.

Er vermisste seinen Bruder sogar mehr, als er sein verdammtes Bein vermisste. Sein Herz zog sich schmerzhaft zusammen und wieder drohte die Trauer über ihn hinwegzufegen, ihn zu zerschmettern, ihn in das tiefe Loch der Verzweiflung zu saugen, das er nur mit Wodka ertragen konnte – bis Agnieszkas Ankunft ihn aufgerüttelt hatte.

„Soll ich?", fragte sie mit sanfter Stimme.

„Nein, nein. Es geht schon wieder." Um nichts in der Welt wollte er sich vor ihr eine Blöße geben. Sie sollte nicht wissen, wie schwach er in Wirklichkeit war. Nach einem tiefen Atemzug hob er die Hand und drückte die Klinke herunter – und starrte direkt in die Sonne.

Mit zusammengebissenen Zähnen erfasste er die Lage. Soweit er es beurteilen konnte, war auf dieser Seite des Hauses erst die Hälfte des Daches gedeckt.

„Nun, das sieht nicht ganz so gut aus", murmelte Agnieszka.

„Und das ist noch untertrieben." Fassungslos starrte Stan nach oben und wünschte sich sogar, Amos wäre geblieben. „Das können wir so nicht lassen. Sonst deckt der erste richtige Herbststurm das ganze Dach wieder ab."

„Wir finden jemand anderen für die Arbeit." Sie lehnte sich an ihn. Fast automatisch legte er seinen Arm um ihre Schulter. „Amos hat immerhin die Stützbalken und die Dachsparren eingezogen. Jetzt müssen nur noch die Dachschindeln drauf, das kann jeder."

Stans ganzer Körper versteifte sich. „Ich nicht." Unbewusst fürchtete er, dass sie endlich erkannte, was offensichtlich war; dass er unzulänglich war und sie jemand Besseren verdient hatte.

„Ich auch nicht", erwiderte sie und drehte sich zu ihm um.

„Du bist auch kein Mann."

„Wieso glaubst du, dass jeder Mann ein Dach reparieren können muss?", fragte sie, wobei ihre Augen ihn herausfordernd anblitzten.

Natürlich hatte sie recht. Diese Lackaffen aus der Stadt konnten das nicht. Aber jemand wie er, der auf einem Bauernhof aufgewachsen war und von frühester Jugend an harte körperliche Arbeit gewohnt war? Er *musste* es können. Schlimmer noch, vor einem Jahr hätte er es problemlos gekonnt.

„Ich mag dich genau so, wie du bist", sagte sie sanft.

In ihren Augen blitzte Zuneigung. Er musterte sie, konnte aber weder das gefürchtete Mitleid noch Falschheit darin finden. Konnte es wahr sein? War er wirklich noch ein richtiger Mann, zumindest in ihren Augen, wenn schon nicht in seinen eigenen?

Beseelt von dem Wunsch, ihr etwas Gutes zu tun, sagte er: „Ich möchte, dass du in das große Schlafzimmer umziehst."

„Und was ist mit dir?"

„Ich kann noch eine Weile im Schuppen schlafen." In Kriegsgefangenschaft hatte er Schlimmeres erduldet. Außerdem waren Ende September die Nächte noch warm und würden erst in ein paar Wochen unter den Gefrierpunkt sinken.

„Wenn du darauf bestehst, werde ich hier oben einziehen, aber nur unter einer Bedingung. Wenn das Dach nicht bis zum ersten Nachtfrost fertig ist, kehre ich in den Alkoven unter der Treppe zurück und du schläfst hier oben."

„Einverstanden", sagte er, wobei er im Stillen hoffte, dass er sie bis dahin überzeugt hatte, das Zimmer – und das Bett – mit ihm zu teilen.

„Warum gehst du nicht mit Tadzio aufs Feld? Ich frage derweil Malgorzata und den alten Jakub, ob sie mir helfen, den Schrank und das Bett heraufzutragen", schlug sie vor. Vor Kurzem hatten sie günstig alte Bretter erstanden, aus denen Stan Möbel für die oberen Zimmer gebaut hatte, die zurzeit im Flur lagerten und auf ihren Einsatz warteten.

Er wusste, was sie tat. Sie ersparte ihm die Peinlichkeit, zusehen zu müssen, wie ein anderer Mann – ein Greis noch dazu – für ihn die Möbel die Treppe hochtrug. Stan biss sich auf die Zunge, denn nach einem Blick in ihr entschlossenes Gesicht wurde ihm klar, dass Widerspruch zwecklos war. „Ganz wie Sie wünschen, gnädige Frau."

Ihr glückliches Kichern half ihm über das Gefühl seiner Unzulänglichkeit hinweg und er machte sich, ein Lied pfeifend, auf den Weg zu den Feldern. Nach einem anstrengenden Arbeitstag kehrte er abends zu einer vor Aufregung überschäumenden Agnieszka zurück.

„Stan, das musst du dir ansehen! Es ist wunderbar!" Sie scheuchte ihn die Treppe hinauf und präsentierte ihm stolz ihr neues Reich. Gerade als er sie küssen wollte, ertönte ein Klatschen und er drehte den Kopf. In der Ecke standen Malgorzata und ihre Tochter Lola mit geradezu feierlicher Miene.

„Vielen Dank für eure Hilfe. Ich denke, das ist ein Grund zum Feiern! Lasst uns eine Flasche Wodka köpfen."

Sie begaben sich alle nach unten, wo Tadzio gerade zur Küchentür hereinkam. Die Kinder tranken Pfefferminzwasser, während die drei Erwachsenen auf den Fortschritt anstießen, den Stan und Agnieszka mit dem Wiederaufbau seines elterlichen Hauses machten.

„Ein guter Tropfen", sagte Malgorzata, nachdem sie gemeinsam die Flasche geleert hatten. „Ich sollte jetzt besser meine Kinder nach Hause bringen, damit ihr die Feier ohne uns fortsetzen könnt." Es entging ihm nicht, dass sie Agnieszka zuzwinkerte, ehe sie den Raum verließ.

„Bist du glücklich?", fragte Stan.

„Überglücklich", antwortete sie. „Es ist so wundervoll geworden."

Er legte einen Arm um ihre Schultern und drückte ihr einen Kuss auf die Lippen. Als er sie dicht an sich presste, drang ein heiseres Stöhnen aus ihrer Kehle, sodass er mehr wollte. Viel mehr. Schon wollte er der Versuchung nachgeben, doch eine mahnende Stimme in seinem Kopf erinnerte ihn an die Unmengen an Alkohol, die sie beide getrunken hatten.

Mit einem tiefen Seufzen küsste er sie ein letztes Mal und machte sich von ihr los. „Ich sollte besser gehen. Ich traue mir nach dem ganzen Wodka selbst nicht mehr über den Weg."

„Bis morgen. Danke, dass du auf mich aufpasst."

Sein Herz schien vor lauter Liebe zu explodieren, während er beobachtete, wie sie die Treppe hinaufstieg.

Es war kaum zu glauben, aber er war glücklich.

Agnieszka lag in ihrem neuen Bett, besser gesagt, sie schwebte mehrere Zentimeter über der Matratze und fühlte sich glücklicher, als sie es seit Langem getan hatte. Stan war heute so unsagbar lieb gewesen. Und seine Küsse ... Sie berührte ihre Lippen, die noch immer vor Verlangen kribbelten.

Im ersten Augenblick war es eine Enttäuschung gewesen, dass er sich verabschiedet hatte. Zu gerne hätte sie eine Weile länger in seinen Armen verweilt. Gleichzeitig war sie erleichtert. Niemand hatte sich die Zeit genommen, ihr zu erklären, was genau passierte, wenn ein Mann bei einer Frau lag. Den ernsten Gesichtern der älteren Frauen nach zu urteilen, war es nichts, worauf sie sich freuten. Im Gegenteil, es schien eine ebenso lästige wie unangenehme Angelegenheit zu sein. Etwas, das eine Frau ertragen musste, genauso wie am Waschtag mit wunden Fingern stundenlang Wäsche zu schrubben.

Obwohl ihre geliebte Schwester Ludmila, die mit Stans

älterem Bruder Piotr verheiratet gewesen war, nie den Eindruck gemacht hatte, als verabscheute sie die Nächte, die sie mit ihrem Mann verbrachte. Ludmila hatte zwar nie darüber gesprochen, was unter der Bettdecke vor sich ging, aber Agnieszka hatte es ihren rosigen Wangen am Morgen angesehen, dass sie durchweg genossen hatte, was auch immer Piotr mit ihr anstellte.

Vielleicht war die ganze Sache gar nicht so schlimm, wie alle taten?

Eins war jedenfalls sicher: Sie verliebte sich jeden Tag ein bisschen mehr in Stan und konnte sich nicht vorstellen, ohne ihn zu leben.

Ein lautes Kikeriki weckte sie früh am Morgen. Dämmerlicht fiel durch die Ritzen der Fensterläden und zeichnete merkwürdige Muster auf die Wand. Sie lächelte und folgte den Lichtstreifen mit den Augen, bis sie innehielt. Da war ein seltsamer Bruch im Muster. Neugierig stand sie auf und strich mit der Hand über die Wand, bis sie es fühlte: eine kaum merkliche Kante.

Vor Aufregung biss sie sich auf die Lippen und umfuhr die Ränder. Hektisch kratzte sie die verkohlten Reste der Tapete ab, bis sie eine geheime Tür in der Größe eines kleinen Koffers entdeckte. Mit heftig zitternden Fingern, das Herz schmerzhaft gegen ihre Rippen hämmernd, tastete sie fieberhaft die Kanten ab, bis sie einen Druckmechanismus fand. Wie von Geisterhand schwang die Geheimtür einige Zentimeter weit auf.

Schuldgefühle jagten ihr einen Schauder über den Rücken. Sie war drauf und dran, die Familiengeheimnisse der Zdaneks auszuspionieren. Wer wusste schon, was in dem Versteck auf sie wartete? Vielleicht sollte sie lieber Stan bitten, heraufzukommen und sich das anzusehen? Schließlich war es sein Haus. Seine Familie. Doch die Neugierde siegte und sie öffnete die Tür weit. Dahinter war eine Nische in der Wand, etwa so tief wie ihre Hand breit war.

Darin standen zwei kleine Metallkisten. Vorsichtig nahm sie diese heraus und setzte sich damit aufs Bett, alles um sich herum vergessend. Die erste Kiste war nur mit einem Schnappverschluss gesichert. Mit angehaltenem Atem öffnete Agnieszka langsam den Deckel, um einen Blick auf den Inhalt zu werfen.

Zunächst erblickte sie zwei Eheringe und nahm sie vorsichtig heraus. Sie waren von Stans Eltern, sowohl das Datum als auch die Vornamen an der Innenseite eingraviert. Eine traurige Sehnsucht bemächtigte sich ihrer; sie hatte die beiden freundlichen Menschen immer gerne gemocht. Als Nächstes entnahm sie eine goldene Brosche, ein kleines goldenes Kreuz sowie ein blaues Strumpfband aus feinster Spitze. Sie befühlte den alten Stoff und fragte sich, wem es wohl gehört haben mochte. Dann legte sie alles ordentlich zurück und öffnete die zweite Kiste.

Sie war randvoll mit Fotografien. Obenauf lag das Bild eines ernst blickenden Paares an seinem Hochzeitstag. Agnieszka kannte die beiden nicht, anhand der Kleidung vermutete sie, dass es sich um Stans Großeltern handelte. Die nächsten Bilder zeigten Stans Eltern mit ihren vier Kindern. Die Zwillinge in kurzen Hosen und mit Schultaschen. Eine pausbäckige Katrina. Piotr in einem dunklen Anzug mit einer Bibel in der Hand, vermutlich am Tag seiner Firmung. Die ganze Familie aufgereiht vor dem weißgetünchten Bauernhaus.

Gerade wollte sie die Bilder in die Kiste zurücklegen, beschämt, dass sie in fremden Sachen herumstöberte, als ihr Blick auf das Foto einer schönen jungen Frau mit schwarzen

Haaren, hohen Wangenknochen und dem glücklichsten Lächeln im Gesicht fiel.

Tränen sprangen ihr in die Augen, während sie mit dem Zeigefinger über die Frau auf dem Bild strich, die ein zauberhaftes Hochzeitskleid trug. Ihre geliebte Schwester Ludmila. Als wäre es gestern gewesen, erinnerte sie sich daran, wie ihre damals siebzehnjährige Schwester den Eltern gestanden hatte, dass sie in anderen Umständen war. Sie waren aufgebracht gewesen, sogar wütend. Wollten sie fortjagen wegen der Schande, die sie über die Familie gebracht hatte.

Doch Piotr hatte zu ihr gehalten, hatte ihre Eltern geradezu angebettelt, einer Heirat zuzustimmen. Er hatte sogar angeboten, nach Warschau zu ziehen, weg von seiner eigenen Familie, damit Ludmila ihre Schulausbildung beenden konnte. Es war eine Nothochzeit geworden, aber trotzdem so wunderschön. Und sowohl Ludmila als auch Piotr waren so glücklich miteinander gewesen.

Weitere Tränen flossen. Ludmila war tot. Ihre Eltern waren tot. Ihre Großeltern. Ihre Tanten und Onkel. Ihre Cousins und Cousinen. Ihre Freunde.

Tot.

Tot.

Tot.

Sturzbäche strömten über Agnieszkas Wangen. Von Schluchzern geschüttelt, rutschte sie vom Bett herunter auf den Boden, wiegte sich vor und zurück, während sie das Bild ihrer Schwester an ihre Brust drückte. Der sorgsam begrabene Schmerz brach hervor, traf sie mit der Wucht einer Granate und zerschmetterte ihr Inneres in tausend Stücke.

Sie schniefte und schluchzte, schrie und heulte, und wünschte sich selbst dorthin, wo ihre Familie bereits war.

Welches Recht hatte sie, glücklich zu sein, wenn so viele andere das nie wieder sein konnten? Es war nicht gerecht, dass ausgerechnet sie überlebt hatte, denn sie hatte keine besonderen Talente, keine herausragenden Fähigkeiten, ja, sie hatte nicht einmal einen Mann und ein Kind, die um sie trauern würden, so wie es bei Ludmila der Fall war.

Gefangen in ihrem Leid nahm sie die Umgebung nicht mehr wahr, bemerkte weder, wie die Zeit verstrich, noch, wie Stan wieder und wieder ihren Namen rief. Sie hörte nicht einmal, dass die Tür aufging, er hereinkam und fluchte, als er sie in diesem jämmerlichen Zustand vorfand. Erst als er eine Hand auf ihre Schulter legte, fuhr sie zusammen, von einer irrationalen Angst gepackt.

„Was ist denn los?", fragte er besorgt.

Agnieszka schaute zu ihm auf und die Angst wich. Stattdessen übermannte sie wieder die Trauer. Sie konnte nicht antworten, bekam kein Wort heraus, schluchzte nur heftiger unter seinem forschenden Blick. Er streckte die Hand aus, öffnete vorsichtig ihre um die Fotografie gekrallten Finger und starrte erst auf das Bild, dann wieder auf sie.

Sie räusperte sich mehrmals in dem Versuch, ihre Stimme wiederzufinden, wobei ihr noch immer Tränen über die Wangen strömten. Stan legte das Foto aufs Bett, ließ sich neben sie auf den Boden rutschen, legte seinen Arm um ihre Schultern und zog sie eng an sich. Agnieszka schloss die Augen. Seine Nähe war so tröstlich. Die ganze Zeit über war sie stark gewesen, hatte sich bemüht, nach vorne zu schauen und das Vergangene ruhen zu lassen.

Ein einziges Foto hatte ausgereicht, damit die verdammten Aktionen der Nazis sie einholten und die kaum verheilten Wunden auf ihrer Seele wieder aufbrechen ließen. Plötzlich fühlte sich alles so sinnlos an; die Trauer, die Verzweiflung, der

Schmerz überwältigten sie, ließen sie klein und hilflos werden, bis sie beinahe an ihren Schuldgefühlen erstickte.

Doch jetzt war Stan da und bot ihr Trost und Hoffnung. Genau wie sie hatte er die Tiefen der Hölle durchquert, hatte Familie und Freunde verloren, hatte Tag für Tag um das nackte Überleben gekämpft, unter den Misshandlungen der Nazis gelitten, diesen grauenvollen, allumfassenden Hunger verspürt, die Kälte, das Grauen. Genau wie sie war er auf der anderen Seite herausgekommen. Nicht unbeschadet, aber lebendig. Stan brauchte keine Worte, um ihr zu verstehen zu geben, dass er ihre Gefühle nachvollziehen konnte – ihren Kampf gegen Schuld und Verzweiflung. Es waren die gleichen Gefühle, mit denen er haderte, die ihn so lange piesackten, bis er sich mit einem verzweifelten Wutausbruch Luft machte.

Keiner von beiden bewegte sich. Lange nachdem ihre Tränen endlich versiegt waren, saß sie an ihn gelehnt und starrte leer vor sich hin.

„Wo hast du das Foto gefunden?", fragte er schließlich.

Seine Frage traf sie mitten ins Herz. Die Ungerechtigkeit, dass sein Bruder Piotr noch lebte, während ihre Schwester Ludmila gestorben war, vergrößerte ihren Seelenschmerz und trieb sie weiter in das Tal absoluter Trostlosigkeit. Ihre einzige Möglichkeit, sich daraus zu befreien, war der rechtschaffene Groll.

Überwältigt von Hass, Wut, Verzweiflung und Trauer über die Verluste an Leben, erwachte der Zorn, der schon so lange in ihrer Seele schlummerte, raubte ihr den Atem, legte sich wie ein Schraubstock um ihre Glieder und ließ sie in Raserei verfallen. Um dem quälenden Schmerz zu entfliehen, schrie sie laut auf wie ein verwundetes Tier im Todeskampf. Dann hob sie ihre Fäuste und hämmerte damit gegen Stans Brust. Nach wenigen Augenblicken spürte sie, wie er ihre

Handgelenke einfing und festhielt. Doch sie dachte nicht daran, aufzugeben.

„Rühr mich nicht an!", brüllte sie, während sie hektisch versuchte, sich aus seinem Griff herauszuwinden.

„Bitte, so beruhige dich doch", flehte Stan wieder und wieder, während er sie eisern in seinem Griff hielt. Sie zappelte, schlug und trat, bis die Schuldgefühle, dass ausgerechnet sie überlebt hatte, ihr das letzte Quäntchen Kraft raubten. Dann sackte sie in sich zusammen und saß ganz still, bis sie spürte, wie sich sein Griff lockerte.

„Geht es dir besser?", fragte er mit sanfter Stimme, und augenblicklich wurde ihr heiß vor Scham. Wie hatte sie nur daran denken können, mit ihm glücklich zu werden? War das nicht Verrat an all den Liebenden, die gestorben waren? Durfte sie ihr Leben genießen, wenn so viele Millionen Menschen dies nicht mehr konnten?

In einem impulsiven Aufbegehren riss sie ihre Handgelenke aus Stans Händen und ging in der nächsten Sekunde wieder auf ihn los. Diesmal versuchte er nicht, sie daran zu hindern.

„Du verdammter Kerl! Du hast mich wieder fühlen lassen! Ich hätte in diesem Lager sterben sollen. Nicht nur einmal, sondern jeden gottverdammten Tag! Warum habe ich überlebt und alle anderen nicht? Wie kannst du es wagen, mich glauben zu machen, dass ich je wieder glücklich sein kann? Ich verdiene das nicht. Niemals."

Ihre gesamte Tirade hindurch saß Stan stoisch da, ließ ihre Misshandlungen über sich ergehen und murmelte Worte, die sie weder hörte noch verstand. Ihr einziges Bedürfnis war, ihm ebenso sehr wehzutun, wie ihr gesamtes Wesen schmerzte. Vielleicht gingen die Qualen dann endlich weg.

KAPITEL 17

Stan fühlte sich vollkommen hilflos. Es fiel ihm nichts Besseres ein, als still dazusitzen, es zuzulassen, dass Agnieszka mit ihren Fäusten auf ihn eindrosch. Dabei murmelte er tröstende Worte, die sie nicht zu hören schien. Nach einigen Minuten fragte er sich, ob es nicht besser wäre, ihre Handgelenke wieder einzufangen und festzuhalten, vielleicht konnte er dann zu ihr durchdringen, irgendwie die Dunkelheit wegschieben, die sie zu verschlingen drohte.

„Agnieszka, Liebling. Bitte rede mit mir. Es ist vorbei, das alles ist vorbei. Der Krieg ist vorbei. Du bist bei mir. Alles wird gut." Doch sie reagierte nicht. Immerhin wurden ihre Schläge schwächer, als ob ihr allmählich die Kraft – oder die Wut – ausginge. Er passte einen geeigneten Moment ab, schlang seine Arme um sie und zog sie eng an sich.

Das weckte erneut ihre Rage und sie wand sich strampelnd in seinen Armen. Natürlich hatte sie gegen ihn keine Chance, weshalb sie kurz darauf alle Gegenwehr einstellte und still dasaß. Erleichtert lockerte er seinen Griff, nur um in der nächsten Sekunde verdutzt festzustellen, dass sie ihn reingelegt hatte.

Sie hatte die Gelegenheit genutzt und sich mit ihrem ganzen, wenn auch leichten Gewicht gegen ihn geworfen. Mehr vor Überraschung als wegen des tatsächlichen Aufpralls fiel er um und riss sie mit sich zu Boden. Den Schmerz in der Hüfte ignorierend, rollte er sich auf seine gesunde Seite, ohne sie dabei loszulassen. Dann packte er ihre Hände und hielt sie über ihrem Kopf fest. Agnieszka durchbohrte ihn mit einem Blick, der töten könnte. In ihren Augen sah er, wie die Wut wieder aufloderte.

„Sch...sch... bitte, du musst damit aufhören. Du tust dir sonst nur noch weh", flehte er wieder und wieder, während sein Blick den ihren gefangen hielt. Allmählich veränderte sich ihr Ausdruck, der Zorn wich einem kaum auszuhaltenden Schmerz. Ihre Gliedmaßen erschlafften und sie wurde ganz ruhig. Fast schon unheimlich ruhig.

Wenn er nur wüsste, was er tun sollte, um ihr diese furchtbaren Qualen zu nehmen. In Agnieszkas Augen sah er dieselbe Verzweiflung, die er so viele Monate gespürt und in Wodka ertränkt hatte – bis sie aufgetaucht war und ihm gezeigt hatte, dass sich die Welt weiterdrehte und er trotz allem wieder glücklich sein konnte.

Nach einer Weile ließ er ihre Hände los und wollte sich gerade aufrichten, als sie ihre Arme um seine Schultern schlang.

„Küss mich, Stan. Zeig mir, dass es etwas gibt, wofür es sich zu leben lohnt."

Er war drauf und dran, Nein zu sagen und sich sanft von ihr loszumachen. Doch er konnte ihrem flehenden Blick nicht widerstehen. Es war nur ein Kuss. Nicht mehr. Kaum presste er seine Lippen auf ihre, öffneten sich diese und sie schob ihre

Zunge in seinen Mund. Fordernd, hungrig nach Leben, nach Gewissheit, nach Absolution, dass sie überlebt hatte und der Rest ihrer Familie nicht.

In diesem Moment wurde Stan klar, dass sie ihn genauso sehr brauchte, wie er sie. Die tapfere, optimistische, fröhliche Agnieszka, die den Sonnenschein in sein Leben zurückgebracht hatte, kämpfte mit denselben Dämonen wie er auch. Nun war es an ihm, ihr Herz und ihre Seele zu heilen.

„Liebling, bist du dir sicher, dass du das willst?", fragte er mit belegter Stimme.

„Ich ... ich muss mich lebendig fühlen. Bitte, bitte geh nicht", stammelte sie.

„Lass uns wenigstens auf dem Bett liegen", schlug er vor. Wenn sie Zweifel bekam, war das die perfekte Gelegenheit. Doch Agnieszka sah ihn nur mit ihren großen grünen Augen an und nickte. Dann half sie ihm aufzustehen, und eng umschlungen fielen sie rücklings aufs Bett.

KAPITEL 18

S tan wachte auf, weil ihn ein Sonnenstrahl an der Nase kitzelte. Er öffnete die Augen und blinzelte mehrmals, während er sich zu erinnern versuchte, wo er war. Dem Stand der Sonne nach zu urteilen, war es weit nach Mittag und er hätte schon seit Stunden auf dem Feld arbeiten sollen. Dann überrollte ihn die Erinnerung wie eine Flutwelle. Er und Agnieszka hatten sich die ganz Nacht hindurch geliebt. Es war überwältigend gewesen. Freude erwärmte seinen Körper.

Nie hätte er erwartet, dass sein Leben eine positive Wendung nehmen könnte, dass er, vielleicht, doch noch auf Liebe und Glück hoffen durfte. Er streckte die Hand aus, um Agnieszka zu berühren. Die andere Seite des Bettes war leer, das Laken kühl unter seiner Hand. Sie war nicht da. Sie war schon seit geraumer Zeit nicht mehr da.

Verlustangst presste auf seine Lunge, dann schalt er sich für seine Albernheit. Agnieszka war nicht so eine Schlafmütze wie er, der den ganzen Morgen faul im Bett lag, statt die Felder zu bestellen. Er lauschte auf Geräusche im unteren Stockwerk, die verrieten, was sie gerade tat. Es war nichts zu hören. Vermutlich war sie draußen im Gemüsegarten.

Er legte sich zurück in die Kissen, um für ein paar großartige Minuten in den Erinnerungen an die vergangene Nacht zu schwelgen. Es war viel mehr gewesen als eine körperliche Vereinigung; ihre Seelen waren sich begegnet. Stan konnte es nicht erklären, denn er hatte noch nie so gefühlt. Es war etwas ganz Besonderes gewesen, als ob aus zwei Menschen ein einziger geworden war. Eine Einheit, die zusammengehörte.

Ein Geräusch von unten zeigte ihm, dass sie wieder im Haus war. Schnell zog er Hemd und Hose an, und ging mit einem fröhlichen Pfeifen die Treppe hinunter. Sein Magen grummelte unwirsch, weil er das Frühstück verpasst hatte. Hoffentlich war Agnieszka bereits dabei, das Mittagessen zu kochen. Ein Lächeln huschte über sein Gesicht, während er sich vorstellte, wie sie am Herd stand und er sie von hinten umarmte.

Als er in die Küche kam, war Agnieszka nirgends zu sehen. Das Ausmaß an Enttäuschung, das er verspürte, überraschte ihn. Er sah sich um und bemerkte sofort, dass der große Korb fehlte, den sie immer zum Markt mitnahm. Allerdings war heute nicht Markttag.

Sein Mittagessen stand in einem Henkelmann auf dem Tisch, zwei Scheiben Brote lagen daneben auf einem Teller. Freude über ihre Fürsorglichkeit kämpfte mit der Enttäuschung, dass Agnieszka nicht persönlich anwesend war. Doch sein Hunger war zu groß, um sich weiter mit seinen Gefühlen zu beschäftigen, also öffnete er gierig den Henkelmann und roch am Essen. Kartoffeleintopf mit Fleisch und Möhren. Trotz seines Bärenhungers würde die Mahlzeit nicht so gut schmecken wie sonst. Ohne ihre Gesellschaft war es einfach nicht das Gleiche. Nach dem Essen stellte er das schmutzige Geschirr in die Spüle und fragte sich, wohin sie gegangen war und wann sie zurückkommen würde.

Die Hintertür flog auf und Tadzio stürmte herein. „He, da bist du ja! Ich habe den ganzen Morgen auf dich gewartet."

„Es tut mir leid, ich habe verschlafen. Aber jetzt bin ich so weit." Stan würde dem Jungen nicht erklären, warum er verschlafen hatte. Schweigend gingen sie bis ans Ende des Feldes, das sie Anfang des Sommers bepflanzt hatten.

„Bald kommen die ersten Nachtfröste, dann können wir allmählich den Kohl ernten", sagte Stan.

Tadzio nickte ernsthaft und tat so, als wüsste er alles über Landwirtschaft. „Wird es für den Winter reichen?"

„Das hoffe ich. Aber da wir kein Getreide anbauen konnten und alles viel zu spät gepflanzt haben, müssen wir für gutes Wetter beten."

„Meine Mama sagt, wir können jetzt jederzeit Frost bekommen." Tadzio bückte sich und zog eine Karotte aus der Erde. Eine recht kleine Karotte.

„Das macht mir auch Sorgen. Das meiste Gemüse überlebt ein paar Grad minus, aber mehr nicht."

Sie jäteten Unkraut und gossen die Pflanzen, während Stans Gedanken sich voller Sorge im Kreis drehten. Nach sechs langen Jahren war der Krieg endlich vorbei, dafür stand das Land vor einer Menge anderer Probleme. Die Armeen hatten schreckliche Verwüstung hinterlassen. Zudem hatte der Strom von zurückkehrenden Soldaten, Zwangsarbeitern und Insassen der Konzentrationslager erst Ende Juni eingesetzt.

Viel zu spät, um die Bauernhöfe ordentlich zu bewirtschaften. Überall in Polen lagen Felder brach. Es war ihm ein Rätsel, wie die neue Regierung die Bevölkerung ernähren wollte, besonders in den Städten. Wenn der Winter früh hereinbrach, würde das die sowieso schon magere Ernte zusätzlich verschlechtern. Stan sah bereits eine Hungersnot über sein geliebtes Land fegen.

Es war aber nicht nur das Essen, das ihm Sorge bereitete, sondern auch die beunruhigenden politischen Gerüchte. Der Kampf um die Macht in dem Vakuum, welches die Nazis hinterlassen hatten, war vorüber – die Kommunisten hatten gewonnen. Von Stalin und seiner Roten Armee unterstützt, hatten sie die Herrschaft über Polen an sich gerissen.

Ihre Art, sich der Opposition zu entledigen, war den Methoden der Nazis so ähnlich, dass ihm kalte Schauder den Rücken hinunterliefen. Haufenweise Menschen wurden nach Sibirien in „Umerziehungslager" verschleppt, andere verschwanden spurlos bei Nacht-und-Nebel Aktionen oder starben in den Folterkellern der NKWD-Gefängnisse, vermutlich an den gleichen Verhörmethoden, welche die Gestapo angewendet hatte.

Er verzog das Gesicht. Sein geliebtes Polen hatte ein Übel durch ein anderes ersetzt. Die sogenannten Bündnispartner, Großbritannien und Amerika, hatten Polen an die Sowjetunion verkauft, noch ehe der Krieg zu Ende gegangen war. Zornig ballte er seine Hände zu Fäusten. Würde das denn niemals aufhören? Würde er jemals den Tag erleben, an dem Polen wirklich frei war?

Die Zeiten waren hart, keine Frage. Stan befürchtete, es würde noch schlimmer kommen. Er hatte Angst um seine Sicherheit und Zukunft. Aber die größte Angst hatte er davor, Agnieszka nicht beschützen zu können, sollten die Dinge wieder richtig schlimm werden.

Nach einem langen Arbeitstag kehrte er nach Hause zurück. Voller Vorfreude, Agnieszka wiederzusehen, wusch er sich draußen an der Pumpe, ehe er die Küche betrat. Mit einem breiten Grinsen legte er die Arme um ihre Schultern, aber sie schüttelte ihn ab und trat einen Schritt zur Seite.

Stan runzelte die Stirn. „Stimmt etwas nicht?"

„Ich muss Abendessen kochen." Sie drehte sich nicht zu ihm um, anscheinend zu sehr mit ihrer Arbeit beschäftigt, ihn auch nur eines Blickes zu würdigen. Nachdem er sie einige Sekunden lang beobachtet und heimlich auf einen Kuss gewartet hatte, tat Stan ihr den Gefallen und ließ sie in Ruhe.

Er ging hinaus auf die Veranda, setzte sich an den Tisch und schmollte. Wo war die wundervolle Frau geblieben, die sich letzte Nacht in seinen Armen verloren hatte?

KAPITEL 19

Agnieszka konnte Stan nicht in die Augen sehen. Nicht nach dem, was letzte Nacht passiert war, als sie sich wie eine Dirne benommen hatte. Kaum war er eingeschlafen, hatte sie die Chance genutzt und sich aus seiner Umarmung befreit. Völlig verwirrt hatte sie ihre Kleidungsstücke zusammengesucht und war aus dem Schlafzimmer und schließlich aus dem Haus geflohen. Überwältigt von Scham war sie hinüber zu Malgorzata gerannt, um die erfahrene Frau um Rat zu fragen.

Niemand hatte ihr je gesagt, wie genussvoll das Zusammensein mit einem Mann sein konnte, und sie war auf das, was zwischen ihr und Stan passiert war, in keinster Weise vorbereitet gewesen. Irgendetwas musste mit ihr nicht stimmen, denn keine anständige Frau würde sich so benehmen, wie sie es getan hatte.

Malgorzata war seit über zwanzig Jahren verheiratet und hatte fünf Kinder geboren, von denen nur die beiden Jüngsten,

Tadzio und Lola, noch zu Hause lebten. Sicherlich würde sie in der Lage sein, ein wenig Licht in diese delikate Angelegenheit zu bringen und Agnieszka zu erklären, wie sie auf all die unanständigen Dinge hätte reagieren sollen, die Stan mit ihr angestellt hatte. Allein die Erinnerung daran ließ sie bis unter die Haarwurzeln erröten.

Hoffentlich konnte sie von der älteren Frau ein paar Lebensweisheiten erfahren. Als sie bei Malgorzata klopfte, war gerade die widerwärtige Tratschtante Tekla Kozlow zu Besuch. Agnieszka hasste diese Frau aus vollem Herzen, die für so viel Leid verantwortlich war. Sie wollte sich schon wegschleichen, doch Tekla hatte sie bereits gesehen.

„Komm herein, komm herein. Bist du nicht Agnieszka Soban, die Jüdin?"

Agnieszka nickte stumm.

„Und war das nicht deine Schwester, die sich von einem der Zdanek Brüder hat schwängern lassen? Unehelich?"

Agnieszka hätte die furchtbare Frau am liebsten mit Blicken ermordet, was diese aber nicht zu bemerken schien, denn sie war zu sehr damit beschäftigt, Gift und Galle zu verspritzen.

„Diesen Zdanek Jungs kann man nicht trauen. Immerhin, es ist ja nur noch einer übrig. Partisanen waren sie und haben nicht nur gegen die Nazis, sondern auch gegen die Sowjets gekämpft. Eine anständige Frau sollte sich mit keinem von denen sehen lassen. Nicht wahr, Malgorzata?"

Tadzios Mutter versuchte, sie zu beschwichtigen. „Tekla, ich finde, du tust ihnen unrecht. Piotr und Ludmila waren jung und verliebt. Waren wir früher nicht auch ein bisschen unvernünftig?"

„Unvernünftig? Ich war weiß Gott keine Hure, die sich

jedem Soldaten an den Hals wirft, der durch die Stadt zieht, wie es manche von den jungen Mädchen tun." Dann drehte Tekla den Kopf und blickte Agnieszka an. „Ich mache mir Sorgen um dich, meine Liebe. Du wohnst allein unter einem Dach mit diesem ruchlosen Mann und dein Ruf wird in der Stadt schon arg infrage gestellt. Wenn dir deine Reputation lieb ist, kann ich dir nur raten, sein Haus eher früher als später zu verlassen. Sonst wirst du niemals einen guten Ehemann finden."

Aus purer Höflichkeit Malgorzata gegenüber erwürgte Agnieszka die andere Frau nicht, sondern zwang sich zu einer freundlichen Antwort. „Stanislaw ist ein sehr großherziger Mann."

„Oh! Ich hätte es wissen sollen. Er hat dich schon in sein Bett gekriegt. Schäm dich!"

Agnieszka spürte, wie sie knallrot anlief, aber sie war nicht in der Lage, auch nur einen Ton herauszubekommen. Denn Tekla hatte recht. Eine sittsame Frau wartete, bis sie verheiratet war, ehe sie zuließ, dass ein Mann mehr tat, als ihre Hand zu halten.

„Tekla! Das reicht. Wag es ja nicht, Agnieszka in meinem Haus zu beleidigen! Sie ist eine anständige Frau und würde so etwas nie tun", sagte Malgorzata.

Aber ich habe es getan.

Malgorzata hatte ihre Worte gut gemeint, aber sie bestätigten nur, was Agnieszka die ganze Zeit gewusst hatte: Keine anständige Frau würde tun, was sie getan hatte. Kurze Zeit später verabschiedete sie sich und rannte über die Felder, als wäre der Teufel persönlich hinter ihr her.

Nun war sie wieder in Stans Haus und machte Abendessen. Sie hatte gefürchtet, er würde sie wegen ihres schändlichen Verhaltens vom Hof jagen, stattdessen war er zu ihr gekommen und hatte sie in den Arm genommen, als ob das, was sich zwischen ihnen abgespielt hatte, nicht höchst peinlich und unerhört gewesen wäre. Nach ihrem Nervenzusammenbruch hatte sie ihn geradezu genötigt, und nur der Tatsache, dass er ein gutmütiger Mann war, verdankte sie es, überhaupt noch ein Dach über dem Kopf zu haben.

Sie widerstand dem Drang, sich umzudrehen und ihn anzusehen, so stark waren ihre Schuldgefühle. Das Mitleid vermischt mit Missbilligung in seinen Augen könnte sie nicht ertragen. Tekla hatte recht, Agnieszka musste dieses Haus schnellstmöglich verlassen.

Während des Essens blickte sie angestrengt auf ihren Teller, während sie sich gleichzeitig bemühte, sich normal zu verhalten. Doch allein der Klang seiner Stimme machte es ihr unmöglich zu vergessen, was geschehen war. Sie ignorierte seine Versuche, sie zum Reden zu bringen, bis er es schließlich aufgab.

Kaum hatte Stan seinen Teller leer gegessen, verabschiedete er sich: „Gute Nacht. Ich gehe lieber früh schlafen. Morgen ist viel zu tun."

Dann verschwand er durch die Hintertür in den Garten. Agnieszka fühlte sich, als würde ihr Herz vor Kummer zerspringen. Am liebsten wäre sie ihm nachgelaufen. Es brauchte all ihre Standhaftigkeit, dem zu widerstehen. Zu groß war die Gefahr, dass sie sich ihm dann an den Hals warf und den Fehler von vergangener Nacht wiederholen würde. Nein, es war eindeutig besser, Abstand zu wahren.

Schweren Herzens entschied sie, dass sie den Bauernhof verlassen und eine andere Bleibe finden musste. Je eher, desto besser. Nach dem Abwasch ging sie zu Bett, fand aber keinen

Schlaf. Die Laken rochen nach Stan und jeder Atemzug brachte ihr überdeutlich in Erinnerung, was sie getan hatten. Wenn sie innehielt und lauschte, konnte sie das Echo der Worte ihrer verstorbenen Mutter hören, wie sie Ludmila ausschimpfte, die Schande über die Familie gebracht hatte, weil sie unehelich schwanger geworden war.

Agnieszka zuckte ängstlich zusammen. Schwanger zu werden hätte ihr zu allem Übel noch gefehlt. Auch wenn ihre Mutter nicht mehr lebte, so wusste Agnieszka, dass sie ein solch skandalöses Verhalten niemals gutgeheißen hätte.

Verzweifelt versuchte sie, an etwas anderes zu denken. An die Lebensmittel, die sie einkaufen musste, an den Wintermantel, den sie sich nähen wollte, an alles außer Stan. Doch die Nacht zog sich in die Länge und nichts half. Wieder und wieder schlichen sich Stans eisblaue Augen in ihre Gedanken, sein gekränkter Blick beim Abendessen, seine Sorge um sie. Seine rauen Hände auf ihrer Haut ... Schnell zog sie die Schultern zusammen. Nein. Nein. Und nochmals nein. Das durfte nie wieder geschehen. Niemals.

Als der Morgen kam, hatte sie kaum ein Auge zugetan. Ein Blick in den halbblinden Spiegel offenbarte dunkle Ringe unter ihren Augen. Sie raffte sich zusammen und stapfte hinunter in die Küche, wo sie Stan schweigend das Frühstück vorsetzte. Immerhin schien er verstanden zu haben und versuchte nicht mehr, sie zum Reden zu bringen.

Kaum hatte er hastig das Essen heruntergeschlungen, verließ er wortlos die Küche durch die Hintertür. Sie wähnte ihn bereits auf den Feldern, als sie von draußen Männerstimmen hörte. Neugierig ging sie in den Flur und schaute aus dem Fenster. Schwer schluckend, kämpfte sie gegen die aufkeimende Panik an.

Vor dem Haus stand eine Gruppe sowjetischer Soldaten und redete mit Stan. Da sie sein aufschäumendes Temperament kannte und Schlimmes befürchtete, öffnete sie die Haustür. Einer der Soldaten winkte sie heran. Agnieszka hatte in der Vergangenheit mit Männern in Uniform keine guten Erfahrungen gemacht, weshalb ihr die Angst in die Glieder kroch. Schnell verbarg sie ihre zitternden Hände in den Falten ihres Rockes.

Stan warf ihr einen düsteren Blick zu und erklärte dann: „Diese Männer fragen nach unseren Papieren."

Agnieszka schluckte. „Warum? Stimmt etwas nicht?"

Der ranghöchste Soldat antwortete: „Reine Routinesache. Wir besuchen alle alleinstehenden Höfe und prüfen die Papiere der Bewohner."

Agnieszka schaute unschlüssig zwischen ihm und dem Haus hin und her. „Meine Papiere sind drinnen."

„Holen Sie sie."

Sie nickte und ging hinein, während Stan seine eigenen Papiere aus seiner Hosentasche zog. Agnieszka trat an die Küchenschublade, worin sie ihren Ausweis aufbewahrte, und kehrte wieder nach draußen zurück. Der Soldat warf nur einen kurzen Blick darauf und nickte, ehe er sie ihr wieder in die Hand drückte.

Dann sah er Stan an und fragte: „Warum sind Sie der *Polska Partia Robotnicza* noch nicht beigetreten?"

Die polnische Arbeiterpartei war lediglich eine Marionette für Stalin. Agnieszka wusste, wie sehr Stan sowohl die Sowjets als auch die Kommunisten hasste. Deshalb steckte sie ihre Papiere ein und wartete nervös auf seine Antwort.

„Mir war nicht bewusst, dass ich der PPR beitreten muss", erwiderte Stan ein wenig zu laut.

„Haben Sie ein Problem mit den lebensverändernden

Errungenschaften des großartigen Stalin und seiner kommunistischen Partei?", fragte der Soldat.

Stans Augen wurden eiskalt und er hob das Kinn. Nie hatte Agnieszka ihn so kampflustig gesehen. „Und wenn es so ist?" Beim schneidenden Klang seiner Stimme, lief ihr ein Schauder den Rücken herunter.

Dem Soldaten schien Stans Gebaren nicht zu gefallen, denn er reckte sein Kinn genauso in die Höhe, während er einen Schritt vortrat.

Wie zwei Kampfhähne schoss es durch Agnieszkas Kopf, doch sie konnte nur dastehen und zusehen.

„Vielleicht sollten Sie und ich Ihre Probleme mit den Kommunisten ausdiskutieren?", sagte der Soldat mit drohender Stimme.

Stan schüttelte den Kopf. „Nicht nötig. Soweit ich weiß, befinden wir uns hier in Polen und nicht in der Sowjetunion. Und jetzt verschwinden Sie von meinem Grundstück!"

Agnieszka unterdrückte einen Aufschrei. Starr vor Schreck wurde sie Zeuge, wie Stan auf dem Absatz kehrtmachte und in Richtung Felder stapfte. Doch er hatte die Rechnung ohne den Soldaten gemacht, der eine Handbewegung in Richtung seiner Begleiter machte, die daraufhin ihre Gewehre auf Stan richteten.

„Stehenbleiben! Sie kommen mit uns. Nehmt ihn fest", befahl der Soldat.

Stan drehte sich langsam um. Beim Anblick seiner wutverzerrten Grimasse blieb Agnieszka stocksteif stehen. Sie wusste, was als Nächstes kommen würde, schließlich war sie schon oft Zeuge einer seiner jähzornigen Ausbrüche gewesen.

„Dazu haben Sie kein Recht!", brüllte Stan.

„Ich kann tun, was ich will", erwiderte der Russe.

„Wofür halten Sie sich? Glauben Sie, ich habe gegen die

Nazis gekämpft, um mir von einem Lackaffen wie Ihnen den Mund verbieten zu lassen?"

In der nächsten Sekunde landete die Faust des Soldaten auf Stans Kinn. Agnieszka zuckte zusammen, als hätte der Schlag ihr gegolten. *Warum kann er nicht einfach den Mund halten? Sein Jähzorn wird ihn eines Tages noch umbringen.*

Die vier Männer hatten ihre Anwesenheit völlig vergessen. Der Anführer und ein Begleiter griffen Stan rechts und links unter die Schultern und schleiften ihn zu ihrem Fahrzeug, die anderen beiden folgten mit ihren Gewehren im Anschlag.

Agnieszka blieb nichts anderes übrig, als stumm beiseitezutreten. Als das Fahrzeug verschwand, glaubte sie ins Bodenlose zu fallen. Die Sowjets hatten Stan mitgenommen und sie konnte nichts dagegen tun.

Voller Verzweiflung ging sie in die Küche, machte den Abwasch und putzte den Boden. Alles, nur nicht daran denken, was diese Grobiane mit Stan machen würden. Sie stand im Garten und goss das Gemüse, als Tadzio über die Felder gerannt kam und fröhlich rief: „Guten Morgen Agnieszka, weißt du, wo Stan ist? Ich will ihm was zeigen."

Es brach ihr das Herz, ihm die Wahrheit zu sagen, also log sie. „Er musste dringend in die Stadt. Kannst du heute allein auf dem Feld arbeiten?"

Tadzio nickte mit einer wichtigen Miene. „Klar kann ich das."

„Danke, ich wüsste nicht, was wir ohne dich tun sollten." Sie fuhr ihm durch die Haare, gab ihm ein paar Karotten und einen Salatkopf, ehe sie sagte: „Bring das deiner Mutter."

Agnieszka verbrachte den Rest des Tages damit, auf Stans Schritte zu lauschen. Bei jedem Geräusch sprang sie erwartungsvoll auf, aber immer war es falscher Alarm. Er kehrte nicht zurück. Mit jeder verstreichenden Minute wuchs ihre Unruhe, bis sie am späten Nachmittag nur noch ein Bündel aus Nerven und Tränen war.

Man konnte nie wissen, was passierte, wenn die Behörden einen erstmal in ihrer Gewalt hatten. Stan wäre nicht der Erste, der in ein Arbeitslager nach Sibirien verschleppt wurde.

KAPITEL 20

Die Soldaten brachten Stan ins Rathaus von Lodz. Der Raum, in den sie ihn brachten, weckte schreckliche Befürchtungen in ihm. Innerlich verfluchte er sein aufbrausendes Temperament, das ihn, mal wieder, in die Bredouille gebracht hatte. Er hatte so sehr versucht, für Agnieszka ein besserer Mann zu werden. Doch Agnieszka ... Sein Kinn fiel auf seine Brust. Irgendetwas musste er falsch gemacht haben, denn seit ihrer gemeinsamen Nacht zeigte sie ihm die kalte Schulter.

Er kämpfte gegen die aufkeimende Panik an, betrachtete die blanken Wände. Eine einzelne Glühbirne, die von der Decke hing. Ein einsamer Stuhl mitten im Raum, Handschellen an beiden Seiten der hohen Lehne befestigt.

Jemand schubste ihn auf den Stuhl, legte ihm aber keine Handschellen an. Stan schöpfte ein kleines bisschen Hoffnung. Ein Mann in Militäruniform betrat den Raum gemeinsam mit einem Zivilisten – irgendein lokales Parteimitglied, das den neuen sowjetischen Herren genauso bereitwillig diente, wie es vorher mit den Nazis kollaboriert hatte. Stan versuchte, seine Abscheu vor dem rückgratlosen Mann zu verbergen. In seiner Situation war es besser, sich keine weiteren Feinde zu machen.

Der Pole fing an, Stan mit Fragen zu bombardieren, während der sowjetische Offizier reglos dabeistand.

„Uns wurde mitgeteilt, dass Sie der polnischen Arbeiterpartei noch nicht beigetreten sind. Stimmt das?"

„Ja." Stan rang um seine Fassung. Momentan behielt die Furcht vor Folter die Oberhand über seinen Jähzorn, worüber er sogar froh war – auch wenn er das niemals zugegeben hätte. Die beste Strategie war vermutlich, so wenig wie möglich preiszugeben, wenn er die Fragen beantwortete.

„Warum?"

„Weil ich Bauer bin und damit beschäftigt war, meine Felder zu bestellen."

Der andere Mann zog eine Augenbraue hoch. „Sind Sie sicher, dass Sie kein Sympathisant der Heimatarmee sind?" Viele der polnischen Bauern in Polen hatten während der Nazizeit diese Widerstandsorganisation unterstützt, die bei Stalin in Ungnade gefallen war, weil sie ein unabhängiges Polen wollte.

„Nie und nimmer." Das war eine dreiste Lüge, denn Stan hatte viele Jahre den Partisanen der Heimatarmee angehört.

„Wo liegen Ihre Loyalitäten?"

„Bei meinem Land."

„Und trotzdem weigern Sie sich, der großartigen PPR beizutreten? Wie kommt das?"

Stan schüttelte den Kopf. „Ich bin nur ein einfacher Bauer."

„Ein Bauer? Oder ein Kollaborateur der Nazis?"

Der Kollaboration bezichtigt zu werden, schlug dem Fass den Boden aus. Stan hatte nicht nur viele Jahre bei den Partisanen verbracht, sondern auch einen Winter in deutscher

Kriegsgefangenschaft, wo er sein verdammtes Bein und beinahe sein Leben gelassen hatte.

„Ich habe niemals mit diesen dreckigen Hurensöhnen kollaboriert!", brüllte Stan.

„Warum mögen Sie keine Kommunisten?", schaltete sich der sowjetische Offizier ein.

„Ich habe nie behauptet, sie nicht zu mögen." Stan wusste, dass seine Geduld an einem seidenen Faden hing und er seinen Jähzorn nicht mehr lange in Schach halten konnte.

„Dann haben Sie sicher kein Problem damit, diesen Parteibeitritt zu unterzeichnen."

„Ich habe ein Problem damit, dass Sie mich dazu zwingen wollen", zischte Stan, wobei er sich mit der Hand durch die kurzen Haare fuhr. Wie zum Teufel war er in diesen Albtraum geraten? Schon wieder? Er hatte gedacht, die Besatzung sei endlich vorüber.

„Wenn Sie wissen, was gut für Sie ist", der Parteifunktionär senkte die Stimme zu einem Flüstern, „dann unterschreiben Sie diese Erklärung. Andernfalls ..."

„Andernfalls was?" Stan konnte seine Empörung nicht mehr im Zaum halten und sprang auf. „Drohen Sie mir etwa?"

„Nein. Ich weise Sie nur auf die Konsequenzen Ihres Handelns hin. Wenn Sie das Formular unterschreiben, dürfen Sie umgehend auf Ihren Bauernhof zurückkehren, aber wenn Sie sich weigern, dem neuen Polen zu dienen, finden Sie sich im nächsten Transport in einen Gulag in Sibirien wieder. Was soll es sein?"

Diese verdammten Dreckschweine meinten es ernst. Aber Stan wäre nicht er selbst, wenn er nicht genauso stur wie aufbrausend gewesen wäre. Für einen kurzen Augenblick tauchte Agnieszkas Gesicht vor seinem inneren Auge auf, aber selbst ihre flehende Miene konnte ihn nicht dazu bringen, der

Erpressung nachzugeben. Er würde nie im Leben der kommunistischen Partei beitreten, genau wie er niemals mit den Nazis gemeinsame Sache gemacht hatte.

„Lieber verrecke ich in einem Gulag, als euch Dreckskerle zu unterstützen!", schrie er entgegen aller Vernunft.

„Bringt ihn zum NKWD, vielleicht ändert er nach ein paar Tagen in deren Gastfreundschaft seine Meinung", sagte der sowjetische Offizier. Wie von Geisterhand sprangen zwei Soldaten vor, um Stan aus dem Raum zu zerren. Die bloße Erwähnung des NKWD ließ sein Inneres zu Eis gefrieren. Diese Organisation war das sowjetische Pendant zur Gestapo; die Gefangenen in ihrer *Obhut* kamen selten mit heiler Haut davon.

Allerdings hatte er im Moment genug damit zu tun, wieder auf die Beine zu kommen, denn sein Stumpf war vom unbequemen Sitzen taub geworden. Hilflos stolpernd ließ er sich schließlich von den beiden Soldaten über den Korridor schleifen.

„Was wollt ihr denn mit dem Krüppel?", fragte plötzlich eine Stimme.

Stan kniff die Augen zusammen und erkannte den Präsidenten der Bauernvereinigung im schwach beleuchteten Flur. So sehr er sich darum bemüht hatte, das Geheimnis zu wahren, wussten die Menschen in Lodz von seinem Bein.

„Was soll das heißen, Krüppel?", fragte einer der Soldaten, wobei er den Kopf drehte, um Stan angewidert anzusehen.

„Der kam mit nur einem Bein aus dem Krieg nach Hause. Erzählt mir nicht, ihr wusstet davon nichts. Schlaft ihr bei der Arbeit?"

Die beiden Soldaten sahen sich unsicher an. Nach einer Weile meinte einer von ihnen: „Komm, wir bringen ihn zurück und fragen den Oberst." Damit schleppten sie Stan wieder in den Verhörraum, wo der sowjetische Oberst und der polnische Funktionär etwas besprachen.

„Was ist denn jetzt schon wieder?", fragte der Oberst ungehalten.

„Herr Oberst, es tut mir leid, aber dieser Mann hier ... er hat nur ein Bein."

„Dämliche Idioten! Und das glaubt ihr ihm? Wie soll der mit nur einem Bein laufen?", fragte der Pole.

„Wir schauen uns das an. Ausziehen!" Die Stimme des Obersts dröhnte durch den kleinen Raum.

Stan stand wie vom Donner gerührt da, voller Hass auf den Präsidenten der Bauernvereinigung, dafür dass er die Soldaten auf seine Behinderung aufmerksam gemacht hatte. Er hatte den Hundesöhnen nichts davon sagen wollen, aus Angst, sie würden ihm dann den Bauernhof wegnehmen.

„Ausziehen, oder wir erledigen das für Sie", verlangte der Oberst ungeduldig, zog einen Schlagstock hervor und klopfte damit gegen seinen Oberschenkel.

Langsam, voller Verlegenheit und mit einer gesunden Portion Angst, zog Stan seine Arbeitshose herunter und präsentierte seinen Stumpf mit der Holzprothese.

Die versammelten Männer brachen in schallendes Gelächter aus. Als wäre das nicht demütigend genug, zwangen sie Stan, sich auf den Stuhl zu setzen. Dann entfernten sie seine Prothese, sodass sie das jämmerliche Überbleibsel eines einst gesunden menschlichen Beines inspizieren konnten. Stan ließ die entwürdigende Prozedur mit zusammengebissenen Zähnen über sich ergehen, denn er war sich sehr bewusst, dass er bei einem weiteren Wutausbruch unweigerlich in einem Siechenhaus landen würde.

„Der ist eh nur ein halber Mann", platzte einer von ihnen

lachend heraus. „Was soll der NKWD mit ihm machen? Ihm das andere Bein auch abschneiden?"

Stan wünschte, die Erde würde sich auftun und ihn verschlucken, derweil die vier Männer einen Witz nach dem anderen auf seine Kosten rissen.

„Die Partei will Leute wie den nicht", sagte der PPR-Funktionär.

„Ebenso wenig hat die Sowjetunion in einem Arbeitslager Verwendung für ihn", fügte der sowjetische Oberst hinzu und befahl schließlich: „Lasst ihn laufen."

Stan schnallte stumm die Prothese wieder um, zog sich an und schlich mit eingezogenen Schultern und gesenktem Blick davon. Alles, nur nicht den Blicken der Leute begegnen, die ihn entweder verhöhnten oder bemitleideten.

Die Erleichterung über seine Freilassung verflog in Windeseile, übrig blieb nur glühender Zorn. Eine gewaltige Wut, wie er sie seit langer, langer Zeit nicht mehr empfunden hatte, bemächtigte sich seiner und er betrat die erstbeste Kneipe, mit dem Ziel, sich besinnungslos zu besaufen.

Aus Erfahrung wusste er, dass Hochprozentiges das Einzige war, was die tobenden Qualen in seinem Herzen und seiner Seele stoppen konnte. Schließlich konnte er nicht heulen wie eine Frau, und ebenso wenig konnte er eine Prügelei anzetteln wie ein echter Kerl, also musste er sich mit der betäubenden Wirkung des Wodkas zufriedengeben.

KAPITEL 21

Agnieszka kaute an ihren Fingernägeln. Die Nacht war schon vor Stunden über das Land hereingebrochen und der Mond tauchte den Weg zum Hof in ein gespenstisches Licht. Warum ließen die Behörden Stan nicht gehen?

Mit jeder verstreichenden Minute wuchs ihre Angst um ihn. Sie kannte Stans berüchtigte Wutanfälle zur Genüge, deshalb malte sie sich die schrecklichsten Dinge aus. Ihre eigene Hilflosigkeit verschlimmerte ihre Nervosität nur noch.

Sie sprang auf, lief zwischen Küche und Haustür hin und her, schrak bei jedem Geräusch zusammen und steigerte sich in eine regelrechte Panik. Weit nach Mitternacht akzeptierte sie endlich die Sinnlosigkeit ihres Tuns und ging nach oben, wo sie schließlich in einen unruhigen Schlaf fiel. Frühmorgens erwachte sie mit einer schrecklichen Vorahnung. Sie hastete nach unten in die Küche, um nach Stan zu suchen. Nichts. Sie rannte hinüber zum Schuppen, riss die Tür auf. Auch nichts.

Verzweiflung packte sie mit eisiger Hand. *Wo ist er? Was haben sie mit ihm angestellt?* Als er am späten Vormittag noch immer nicht zurück war, nahm sie ihren Mantel, ihre Handtasche und ging zur Tür hinaus, wild entschlossen, ihn zu finden.

In der Stadt angelangt, lief sie schnurstracks zum Rathaus. Normalerweise vermied sie es unter allen Umständen, abgesehen vom Markttag, in die Stadt zu gehen, denn sie fürchtete sich davor, einem Bekannten über den Weg zu laufen. Es gab zu viele Kollaborateure, die für die Nazis gearbeitet und sie während ihrer Zeit im jüdischen Getto in Lodz misshandelt hatten. Sie hätte es nicht ertragen können, einem ihrer Peiniger gegenüberzutreten, insbesondere wenn er jetzt – was sehr wahrscheinlich war – wieder eine hohe Stellung innehatte, weil er blitzschnell zum Kommunismus konvertiert war.

Sie redete sich unaufhörlich ein, dass der Krieg vorbei und die Nazis geschlagen waren. Niemand würde sie wieder in ein Getto stecken oder sie wegen ihres jüdischen Glaubens umbringen wollen. Mit einem tiefen Atemzug schob sie ihre Schultern zurück und wappnete sich für eine unangenehme Begegnung mit der Vergangenheit.

Nichts geschah, bis sie den großen Platz vor dem Rathaus erreichte, wo sich ungewöhnlich viele Menschen aufhielten. Anscheinend warteten sie auf irgendetwas. Auf dem Weg zum Eingang musste sie sich ihren Weg durch die Menge bahnen. Gerade als sie an der Treppe angekommen war, wurde sie von jemandem erkannt. Er war ein polnischer Polizist, der für die Nazis gearbeitet und die versteckten Juden verraten hatte.

„Du wagst es, hierher zurückzukehren? Du dreckige Jüdin?"

Agnieszka zog unwillkürlich den Kopf ein. Hatte sie wirklich die Naziherrschaft mitsamt ihrem Horror überlebt, nur um jetzt das alles noch einmal ertragen zu müssen?

„Hast du nicht begriffen, dass wir dich hier nicht wollen?",
rief jemand anderes.

„Ich bin Polin, genau wie Sie", sagte sie und versuchte, die
Treppe zum Rathaus zu erklimmen.

„Du wärst besser gestorben, wie der Rest deiner Sippe!"

„Ja, das Einzige, was Hitler richtig gemacht hat, war, uns
von deiner Sorte zu befreien." Ein Mann spuckte sie an und
Agnieszka gefror das Blut in den Adern, als grässliche
Erinnerungen, ausgelöst durch seine boshafte Handlung, über
sie herfielen. Sie zog ihren Schal enger um die Schultern und
floh die Stufen hinauf, griff bereits nach der Tür, durch die sie
in Sicherheit schlüpfen wollte, als sie eine Hand schwer auf
ihrer Schulter lasten spürte.

„Nicht so schnell, du Schwein", sagte die hasserfüllte
Stimme. In der nächsten Sekunde sauste seine andere Faust
gegen ihren Kiefer.

Agnieszka schwankte und fiel wie ein gefällter Baum zu
Boden. Dort kauerte sie sich in Todesangst zusammen.
Instinktiv hielt sie ihre Arme über den Kopf, während Tritte
und Schläge auf sie niederprasselten. Jeder Treffer tat nicht nur
körperlich weh, sondern versetzte ihr auch einen tiefen Stich
in die Seele, bis sie nur noch ein bibberndes, schmerzendes
Knäuel war. Sie rang hilflos nach Luft, jeder Atemzug eine
Qual.

Während sie so dalag, wurde ihr schwarz vor Augen und
sie sah bereits ihr Leben an sich vorüberziehen. Die guten
Zeiten, damals, vor dem Krieg, die vielen schrecklichen
Erlebnisse unter der Naziherrschaft, die grauenvolle
Bombardierung von Dresden, der Feuersturm ... ihr wurde
heiß, bis sie glaubte, zu verglühen.

Sicher, dass ihr letztes Stündlein geschlagen hatte,
murmelte sie im Geiste ein Gebet. Wie zur Antwort zerriss ein

Schuss die Luft. Die lynchende Menge ging in Deckung. Agnieszka lag plötzlich allein auf dem Boden. Blutig und schmerzend, aber am Leben.

Kurz darauf näherten sich zwei Polizisten, die einen weiteren Mann im Schlepptau hatten. Einer der Polizisten half ihr auf und fragte: „Können Sie gehen?"

Ob der stechenden Schmerzen in ihrem Brustkorb, die jeden Atemzug zur Qual werden ließen, biss sie die Zähne zusammen. Irgendwie schaffte sie es, auf eigenen Füßen zu stehen, ohne allzu sehr zu schwanken, und presste hervor: „Ich denke schon. Vielen Dank für Ihre Hilfe."

„Sie haben Glück, dass wir gerade in der Nähe waren, mit diesen Leuten ist nicht zu spaßen." Der zweite Polizist sah sie mitleidig an.

„Ein paar Minuten später und wir hätten Sie nur noch ins Leichenhaus schaffen können," sagte der andere.

„Danke nochmal." Agnieszka wollte tief durchatmen, ließ das Vorhaben dann aber wegen der stechenden Schmerzen in ihrem Brustkorb fallen und nahm stattdessen ein paar flache Atemzüge. Alles, nur nicht bewegen.

Plötzlich trat der Mann hinter den beiden Polizisten hervor and rief: „Agnieszka? Was um alles in der Welt tust du hier?"

„Dich suchen", antwortete sie durch zusammengebissene Zähne.

„Du kennst diese Frau?", fragte der erste Polizist, während er fragend zu einem ziemlich zerrupften Stan schaute.

„Ja. Sie ist meine Schwägerin und lebt bei mir auf dem Hof."

Die beiden Männer warfen Stan einen Blick zu, den Agnieszka nicht deuten konnte, und der größere sagte: „Ich bin Mikos und das ist Andrej. Wir waren mit Stan bei den Partisanen."

„Danke nochmals für eure Hilfe", sagte Agnieszka.

„Dafür sind wir da. Leider ist Judenfeindlichkeit immer noch weit verbreitet und Sie sollten besser vorsichtig sein." Mikos schaute Stan an und fügte hinzu: „Wenn du doch nur der PPR beitreten würdest, dann wärt ihr beide so viel sicherer. Die Kommunisten wollen unbedingt an die Macht. Sie haben Stalins Rückendeckung, sodass es für alle anderen nur schwieriger wird."

Stan warf seinem Freund einen düsteren Blick zu, aber Mikos lachte nur. „Du weißt, dass ich recht habe, ob dir das gefällt oder nicht."

„Wenn du ein friedliches Leben willst, dann denk darüber nach, der PPR beizutreten. Es ist nur ein Stück Papier", sagte Andrej.

„Nur über meine Leiche", knirschte Stan mit kaum verhohlenem Zorn.

„Es war beinahe über ihre Leiche." Mikos zeigte auf Agnieszka, die spüren konnte, wie sich auf ihrem zerschundenen Körper blaue Flecken bildeten. „So traurig es ist, aber deine Schwägerin wird in dieser Stadt erst sicher sein, wenn sie einen guten katholischen Mann geheiratet hat, der außerdem ein Parteimitglied ist."

„Sie ist eine hübsche Frau, die anscheinend gut kochen kann", sagte Andrej mit einem Blick auf Stans gesundes Erscheinungsbild. „Wir könnten sie mit einigen passenden Anwärtern bekannt machen."

„Nein!" Stan schrie beinahe und Agnieszka musste ein Lächeln unterdrücken.

Sie verabschiedeten sich und marschierten schweigend nach Hause. Jeder Schritt jagte einen stechenden Schmerz durch ihren Körper und sie presste eine Hand auf ihre Rippen.

„Bist du dir sicher, dass du den ganzen Weg laufen

kannst?", fragte Stan, blieb einen Moment stehen und sah ihr in die Augen. „Du armes Ding." Sein Gesicht war nur wenige Zentimeter von ihrem entfernt. Der Ausdruck seiner eisblauen Augen wurde sanft, als er die Hand ausstreckte und ihr eine Haarsträhne hinter das Ohr strich.

Das war der Moment, als sie es roch. Alkohol. Sie wich zurück und fragte: „Wo warst du letzte Nacht?"

„Aus."

„Aus? Ich bin vor Sorge fast umgekommen und du hast dich betrunken?" Am liebsten hätte sie ihm eine Ohrfeige verpasst. Und zwar eine kräftige.

KAPITEL 22

S tan sah den Kummer, die Enttäuschung und den Ärger in Agnieszkas Augen und fühlte sich wie ein Stück Dreck. Wieder einmal war er so in seinem eigenen Leid gefangen gewesen, von Selbstmitleid zerfressen, dass er keinen Gedanken an sie verschwendet hatte, als er am Abend zuvor in die Kneipe gegangen war.

Was für ein Mann betrank sich bis zur Besinnungslosigkeit, während die Frau, die er liebte, daheimsaß und das Schlimmste befürchten musste? Ihre sonst so sanften meergrünen Augen hatten sich in einen dunklen Ozean verwandelt, aufgewühlt von einem tobenden Sturm. Er konnte ihren Ärger geradezu spüren. Sie wäre nicht in die Stadt gekommen, um ihn zu suchen, wenn sie gewusst hätte, dass er in einer Kneipe war, und nicht etwa im Gefängnis oder bereits auf dem Weg in einen Gulag.

Dann wäre sie nicht dem Mob in die Arme gelaufen, der versucht hatte, sie zu lynchen. Das Veilchen, das sich auf ihrer Wange bildete, machte ihm nur noch deutlicher, dass alles seine Schuld war. Seinetwegen war sie angegriffen, geschlagen und verletzt worden.

„Agnieszka, es tut mir leid", sagte er schließlich. „Es tut mir so leid."

Sie starrte ihn wütend an. „Dir tut es leid? Ich habe mich zu Tode geängstigt, hatte schon befürchtet, dass diese Schweine dich nach Sibirien verschleppen oder Schlimmeres! Wie kannst du es wagen, mir diese abgedroschene Entschuldigung zu geben und zu glauben, damit wäre alles wieder in Butter? Nichts ist gut. Wie wärs, wenn du endlich erwachsen wirst und auch mal an andere Menschen denkst, anstatt immer nur an dich selbst?"

Tränen der Wut rollten über ihre Wangen, aber Stan wusste es besser, als jetzt zu versuchen, sie zu beruhigen. Als sie sich wegdrehte und weiterging, stapfte er ihr schweigend hinterher. Mal wieder hatte er mit seinem aufbrausenden Temperament ein Desaster angerichtet. Normalerweise würde er es schulterzuckend als gottgegeben abtun, doch diesmal hatte er nicht nur sich, sondern hauptsächlich Agnieszka damit Schaden zugefügt. Das wurmte ihn, denn er hatte geschworen, dafür zu sorgen, dass ihr nie wieder jemand wehtun würde.

Und jetzt war er schuld daran, dass man sie verletzt hatte. Er war der Grund für ihre blauen Flecken und ihr blutiges Gesicht. Er ganz allein. Am liebsten wäre er für immer in einem Mauseloch verschwunden.

Agnieszka weigerte sich den Rest des Tages, ein einziges Wort mit ihm zu sprechen. Sie machte nicht einmal Abendessen und ging schlafen, ohne ihm eine gute Nacht zu wünschen. Er wusste, dass er sich in großem Stil bei ihr entschuldigen musste, aber wie?

Am nächsten Morgen stand er besonders früh auf und

marschierte in die Stadt, wo er ein paar alte Freunde aufsuchte und sie beauftragte, das Dach fertigzustellen. Dann machte er sich auf den Weg zu Malgorzata. Sie war mit Agnieszka befreundet und konnte ihm hoffentlich einen guten Rat geben.

„Hallo? Jemand daheim?", rief er in die offene Haustür hinein.

Tadzio stürmte freudestrahlend heraus. „Ich bin so froh, dass sie dich haben gehen lassen. Wir haben schon befürchtet, sie verschleppen dich nach Sibirien." Offensichtlich hatte sich die Nachricht von seiner Verhaftung in Windeseile herumgesprochen.

„Ja, sie haben mich freigelassen."

„Ich hasse die Kommunisten! Warum kämpfen wir nicht gegen sie, wie wir gegen die Nazis gekämpft haben?" Tadzio war Feuer und Flamme für seinen Plan.

Ja, warum? Weil die Menschen nach sechs Jahren Gewalt kriegsmüde waren? Weil viele der tauglichen Männer getötet oder verstümmelt worden waren oder schlicht und ergreifend zu desillusioniert waren, um wieder die Waffen in die Hand zu nehmen und einen weiteren Feind abzuwehren?

„Das geht nicht so einfach", antwortete Stan ausweichend. „Kann ich kurz mit deiner Mutter sprechen?"

„Klar, ich hole sie. Ich wollte gerade zu dir rüberkommen. Du musst dir ansehen, was ich gestern alles geschafft habe!" Tadzio strahlte vor Stolz, was Stan tief berührte. Der Junge hatte seit Jahren weder seinen Vater noch seine älteren Brüder gesehen. Keiner wusste etwas über ihr Schicksal. Zum ersten Mal vermutete Stan, dass Tadzio in ihm eine Vaterfigur sah.

Der Gedanke erschreckte ihn zu Tode. Er war kaum in der Lage, sein eigenes Leben in den Griff zu bekommen; wie sollte er ein Vorbild für einen dreizehnjährigen vaterlosen Jungen sein?

Malgorzata wischte sich die Hände an ihrer Schürze ab, als sie den kleinen Flur betrat. „Stanislaw, komm doch herein. Du hast uns einen ganz schönen Schrecken eingejagt!"

Stans Ohren brannten vor Scham. Zwei weitere Menschen hatten sich um ihn gesorgt, während er sein Elend in Wodka ertränkt hatte, ohne einen Gedanken an jemand anderen zu verschwenden. „Es tut mir leid. Ich hätte besser die Klappe halten sollen, als diese Kerle nach meinen Papieren gefragt haben."

Malgorzata musterte ihn von oben bis unten und fragte dann: „Möchtest du einen Kaffee?"

„Ja, bitte." Er folgte ihr in die Küche, während er sich den Kopf darüber zerbrach, wie er das Thema, das ihm auf dem Herzen lag, am besten anschneiden konnte. Direkt in den sauren Apfel beißen, entschied er, und sagte: „Ich brauche einen Rat."

Sie goss ihm lächelnd eine Tasse Kaffee ein. „Bezüglich Agnieszka?"

„W ... woher weißt du das?", stammelte er.

„Sagen wir mal, Lebenserfahrung."

„Sie ist furchtbar wütend, weil ich mich letzte Nacht betrunken habe, anstatt nach Hause zu kommen."

„Und du fühlst dich schuldig, weil du ihr Sorgen bereitet hast", beendete sie seinen Satz.

„Das, und ... sie wurde brutal zusammengeschlagen, als sie mich suchen kam ..." Er stockte.

„Ich habe von dem Vorfall gehört, wusste aber nicht, wer die Frau war." Malgorzata legte eine Hand auf die Brust. „Hört das denn nie auf?"

„Freunde von mir sind bei der Polizei. Zum Glück kamen sie gerade rechtzeitig vorbei, um das Schlimmste zu verhindern." Er erwähnte sicherheitshalber nicht, dass Andrej und Mikos ihn sturzbetrunken in der Kneipe aufgelesen hatten. „Jedenfalls haben meine Freunde gesagt, die einzige Möglichkeit, Agnieszka zu schützen, sei die Heirat mit einem guten Katholiken."

„Und, worauf wartest du noch?" Malgorzata stemmte die Hände in ihre Hüften.

„Was? Ich?"

„Gefällt sie dir nicht?"

Stan seufzte. „Doch. Schon. Aber ... Sie wird mir niemals vergeben. Außerdem ..." *zeigt sie mir die kalte Schulter, seit wir die großartigste Nacht meines Lebens miteinander verbracht haben.*

„Stanislaw, diese Frau himmelt dich an. Ehrlich gesagt kann ich verstehen, warum sie stinksauer ist. Mitanzusehen, wie die russischen Soldaten dich verhaftet haben, muss sie zu Tode geängstigt haben. Du hast gehört, was mit denen passiert, die sich den Kommunisten entgegenstellen, oder? Als du nicht zurückkamst, hat sie vermutlich angenommen, sie hätten dich an den NKWD übergeben."

„Ich ... ich habe ihr gesagt, dass es mir leidtut."

„Eine einfache Entschuldigung reicht da nicht. Du musst ihr glaubhaft versichern, dass du dein Temperament im Zaum halten kannst."

„Es ist nur ... ich war so wütend, wie sie mich behandelt haben." Er schob eigensinnig die Unterlippe vor, obwohl er einsah, dass sein Jähzorn die Wurzel allen Übels war.

„Jetzt hör mir mal zu, junger Mann", sagte Malgorzata. Ihr strenger Tonfall beförderte ihn zurück in seine Jugend, als er eingeschüchtert vor seiner Mutter gestanden hatte, die ihm die Leviten las, weil er mal wieder eine Prügelei angezettelt hatte. „Es ist höchste Zeit, dass du erwachsen wirst und dieses üble Aufbrausen in den Griff bekommst."

„Aber –"

„Unterbrich mich nicht, junger Mann. Wusstest du, dass halb Lodz wegen deinem üblen Temperament Angst vor dir hatte? Insbesondere die Mädchen."

Stan schüttelte den Kopf. Die meisten Mädchen hatten einen Bogen um ihn gemacht, was er damit erklärt hatte, dass Jarek mit seiner beherrschten Art besser beim anderen Geschlecht ankam. Die Erkenntnis ließ ihn innerlich zittern. Was, wenn Agnieszka sich vor ihm fürchtete? Zeigte sie ihm deshalb die kalte Schulter? Um sich selbst zu schützen? Das wollte er nicht. Es fiel ihm nur so verdammt schwer, seinen Zorn zu zügeln.

Malgorzata setzte ihre Standpauke fort, aber er hörte nicht mehr zu. Alles, was er wollte, war nach Hause zu rennen und Agnieszka um Vergebung anzuflehen. Als er dort ankam, war sie weder im Garten noch in der Küche.

„Agnieszka?", rief er in das merkwürdig leere Haus. Er bekam keine Antwort. Dann hörte er Schritte die Treppe herunterkommen und sie stand vor ihm, vollständig angezogen mit Mantel, Kopftuch und einer Umhängetasche über der Schulter. „Was soll das?"

Sie sah ihn an, ihre Augen voller Schmerz. „Ich kann nicht hierbleiben. Nicht nach dem, was gestern passiert ist." Die Ernsthaftigkeit ihrer Stimme legte die Vermutung nahe, dass an ihrer Entscheidung viel mehr dran war.

„Bitte – warum willst du gehen?"

„Hier bin ich nicht sicher."

Jetzt hatte er eine Ahnung. „Ich werde dich vor jedem beschützen, der dir etwas tun will, das verspreche ich", sagte er heiser.

„Du? Erinnerst du dich, dass ich zum Rathaus gegangen bin, weil ich mir um dich Sorgen gemacht habe?"

Scham über sein rücksichtsloses Verhalten ließ seine Ohren

glühen. „Es tut mir leid, wirklich. Das wird nie wieder vorkommen."

„Du hast recht. Das wird es nicht. Weil ich gehe." Sie schob die Unterlippe vor, aber er bemerkte trotzdem ein leichtes Zittern in ihrer Stimme. Vielleicht hatte er noch eine Chance, sie umzustimmen.

„Agnieszka, wo willst du denn hin? Wenn du einen sicheren Ort weißt, dann bringe ich dich dorthin."

Bei seinen Worten schluckte sie sichtbar. „Ich ... ich will nur weg von diesen Leuten", flüsterte sie schließlich.

„Bitte. Bring dich nicht in Gefahr. Bleibe noch ein Weilchen bei mir. Nur, bis du eine andere Bleibe gefunden hast." Er konnte sehen, dass sie schwankte, und setzte nach: „Der Hof ist weit von der Stadt entfernt. Hier wird dir niemand etwas antun."

„Es geht nicht nur darum, sondern auch um uns." Ihre Miene wurde traurig und sie schien um Jahre zu altern, als sie es aussprach.

„Liebl... Agnieszka, bitte. Es tut mir so leid. Mein Benehmen war grässlich. Unüberlegt. Ich habe keinen Gedanken daran verschwendet, wie sehr du dich um mich gesorgt haben musst." Er hielt inne und kratzte sich am Bart, während er bedächtig die nächsten Sätze im Kopf formulierte. „Ich denke ... ich war so lange auf mich allein gestellt, dass es mir gar nicht in den Sinn kam, jemand könnte sich Sorgen um mich machen."

„Das habe ich aber ... so sehr." Ihre steife Haltung schmolz ein kleines Bisschen, was ihn dazu ermutigte, sich einen vorsichtigen Schritt zu nähern.

„Wir bekommen das hin. Bitte bleib. Ich verspreche", sagte er und sie schmolz ein wenig mehr, „dass ich dich beschützen werde." Er streckte die Hand aus und legte sie auf ihre

Schulter, doch sie wich zurück. Verletztheit – oder Angst? – erschien in ihrem Blick. Hatte Malgorzata recht und die Frau, die er liebte, fürchtete ihn?

„Agnieszka, hast du Angst vor mir?", fragte Stan.

Sie legte den Kopf schief. „Natürlich nicht. Wie kommst du darauf?"

„Ich war bei Malgorzata. Sie hat mir gesagt, alle Mädchen hätten Angst vor mir gehabt."

„Damals, als du jünger warst." Agnieszka lächelte traurig.

„Und du?", fragte er und suchte in ihren Augen nach der Wahrheit.

„Ganz ehrlich? Ja. Ein bisschen. Vielleicht sehr viel. Eigentlich hat mir vor dir gegraut."

Stan schluckte schwer. „Und jetzt? Hast du immer noch Angst vor mir?"

„Sehe ich so aus?" Ihre Augen blitzten frech. In der Tat sah sie nicht so aus, was eine große Erleichterung war, doch er musste es aus ihrem Mund hören.

„Bitte sag mir, dass du keine Angst vor mir hast. Ich könnte es nicht ertragen." Stan wollte eine eigenwillige Strähne hinter ihr Ohr streichen, wagte es aber nicht, sie zu berühren.

Agnieszka sah ihn prüfend an. „Ich habe schon seit vielen Jahren keine Angst mehr vor dir. Wir sind beide erwachsen geworden, und der Krieg hat das Übrige getan."

„Warum bist du dann zurückgewichen, als ich meine Hand auf deine Schulter gelegt habe?", fragte er unsicher.

KAPITEL 23

„W eil …" Agnieszka starrte in seine blauen Augen. Sie hätte nichts dagegen gehabt, das den ganzen Tag lang zu tun. Wie sehr sie sich danach sehnte, dass er sie in seine Arme schloss und ihre Sorgen wegküsste, aber zwischen ihnen standen zu viele Dinge.

„Weil?"

„Ich will keinen Beschützer. Ich will meine Freiheit und meine Unabhängigkeit. Ich will ein Leben, ohne von anderen herumgeschubst zu werden, ohne dass andere Entscheidungen für mich treffen. Ich habe so lange unter der Knute der Nazis gelebt, ich habe es gründlich satt, zu tun, was mir gesagt wird", brach es aus Agnieszka heraus.

Er grinste, was sie nur noch wütender machte. Nahm dieser unausstehliche Kerl denn gar nichts ernst? Sie offenbarte ihm ihr Seelenleben und er grinste!

„Agnieszka. Liebling. Ich brauche dich ebenso sehr, wie du mich brauchst", sagte er flehentlich, trat vorsichtig auf sie zu und nahm ihre Hand.

Sie schaute auf ihre kleine Hand in seiner großen. Eine wunderbare Wärme durchflutete sie. Und wieder dieses unangemessene Kribbeln. Doch so leicht würde sie nicht nachgeben.

„Ich will nicht –", sagte sie durch zusammengebissene Zähne. Er legte einen Finger auf ihre Lippen, um sie zum Schweigen zu bringen. Einen rauen, schwieligen Finger, der über ihre zarte Haut kratzte. Einen Augenblick lang war sie versucht nachzugeben. Aber das hier war zu wichtig, um sich von den Gefühlen ablenken zu lassen, die seine Berührungen bei ihr auslösten.

„Bitte hör mich an", sagte er. „Ich weiß, dass du absolut in der Lage bist, für dich selbst zu sorgen. Du bist die stärkste, entschlossenste, widerstandsfähigste Frau, die mir je begegnet ist. Und ich würde dich gar nicht anders haben wollen. Du bist die erste Frau, die mir die Stirn bietet und mich zurechtweist, wenn mein Temperament mal wieder mit mir durchgeht. Deswegen brauche ich dich. Ich will ein besserer Mann werden. Für dich."

Sprachlos starrte sie ihn an.

„Ich liebe dich", sagte er und hauchte einen sanften Kuss auf ihre Lippen. Eine nie gekannte Freude rauschte durch ihre Adern und sie dachte, sie würde in seinen Armen in Ohnmacht fallen.

„Du liebst mich?", flüsterte sie, als er ihren Mund endlich freigab.

„Ja. Ich war zu sehr damit beschäftigt, mich selbst zu bemitleiden, um es zu bemerken, aber ich habe dich vom ersten Moment an geliebt, als du verloren und traurig auf meiner Veranda aufgetaucht bist."

Sie schluckte, unsicher, welche Antwort er von ihr erwartete. Oder welche Antwort sie geben wollte. Obwohl sie sich sicher war, ihn auch zu lieben, hielt etwas sie zurück.

„Ich bin vielleicht nicht alles, was du verdienst, denn ich bin nur ein einfacher Bauer, dessen einzige Ausbildung bei den Partisanen war. Aber ich verspreche dir, dass ich dich versorgen und dich ehren werde, jeden Tag meines Lebens."

Mehr brauchte es nicht und die widerstandsfähigste Frau, die er kannte, sackte in seine Arme und bettelte ihn an, sie wieder zu küssen. Und wieder. Und wieder.

„Ich liebe dich auch", sagte sie viel später, als sie nebeneinander im Bett lagen und sich vom süßesten Liebesspiel aller Zeiten erholten.

Ihr Blick fiel auf das Laken, wo er sein amputiertes Bein unter dem dünnen Stoff verbarg. Sie nagte an ihrer Lippe und grübelte, wie sie ihn überzeugen konnte, ihr genug zu vertrauen, um ihr seinen Stumpf zu zeigen. Es fühlte sich so merkwürdig an, dass er diesen Teil von sich vor ihr verbarg, wenn sie nackt beieinander lagen. Jedes Mal, wenn sie ihre Hand seinen Oberschenkel herabbewegt hatte, hatte er sie weggeschoben.

„Was beschäftigt dich so, meine Süße?", hauchte er in ihr Ohr. Sein Zeigefinger glättete die Falte auf ihrer Stirn.

„Lass mich deinen Stumpf sehen."

Er versteifte sich, als hätte sie ihm in den Magen geboxt. „Agnieszka, das möchte ich lieber nicht."

„Warum nicht?"

Stan seufzte. „Weil ... es ist kein schöner Anblick ... und ..."

„Hast du Angst, ich renne schreiend weg und komme nie wieder?" Sie hatte es als Witz gemeint, doch sein schockiertes Gesicht sagte ihr, dass sie den Nagel auf den Kopf getroffen hatte. Sie schlang die Arme um seine Hüften, um ihn daran zu hindern, aus dem Bett zu flüchten. „Das werde ich ganz bestimmt nicht tun. Er ist ein Teil von dir und ich möchte ihn sehen."

Mit entschlossenen Fingern fuhr sie an seiner Seite entlang, aber wieder legte er seine Hand über ihre, um sie daran zu hindern. Agnieszka schaute auf ihre verschränkten Hände und erhaschte einen Blick auf den Abdruck der Prothese unter dem Laken.

Stan folgte ihrem Blick. „Agnieszka, nicht."

„Lass es mich sehen, bitte. Es ist ein Teil von dir." Als er nichts erwiderte, fügte sie hinzu: „Vertraust du mir nicht?"

„Natürlich vertraue ich dir, es ist nur ..."

„Bitte."

Mit einem tiefen Seufzer sagte er: „Na gut. Schau es dir an. Aber sag nicht, ich hätte dich nicht gewarnt." Dabei lachte er leise, was sie allerdings durchschaute und erkannte, dass er panische Angst hatte.

Vorsichtig lüftete sie das Laken und sah sich sein Bein an. Dann schnallte sie die Prothese ab und legte sie zur Seite, ehe sie die enge strumpfähnliche Hülle von seinem Bein entfernte. Stan hatte nicht übertrieben. Es war wahrlich kein schöner Anblick. Die Haut war rot, runzelig und vernarbt.

Für einen kurzen Augenblick verspürte sie Mitleid mit dem Mann, der so sehr um seine körperliche Unversehrtheit trauerte, dass er drauf und dran gewesen war, sein Glück, seine Zukunft und sogar sein Leben zu verspielen. Ganz sachte strich sie mit dem Zeigefinger über die vernarbte Wunde und schaute erschrocken auf, als er heftig die Luft einsog. „Habe ich dir wehgetan?"

„Nein, es ist nur empfindlich." Ihr starker und tapferer Mann lag da und versuchte zu verbergen, dass er vor Angst zitterte. Angst davor, dass sie ihn weniger lieben könnte, weil er einen hässlichen Stumpf besaß anstatt eines gesunden Beines.

Agnieszka lächelte Stan beruhigend an und küsste seinen Stumpf, bevor sie wieder nach oben krabbelte und ihren Kopf an seine Schulter legte. „Danke, dass du mir vertraust." Sie legte beide Hände um sein Gesicht und sagte: „Ich liebe dich, Stan."

„Ich liebe dich auch", sagte er und drückte sie fest an sich.

Sie kicherte glücklich, hob den Kopf und schaute in seine wundervollen blauen Augen, die so viel Liebe und Freude ausstrahlten.

Viele Stunden später trieb sie das Geräusch der Hennen im Hof, die sich darüber empörten, dass niemand sie gefüttert hatte, aus dem Bett. Sie zogen sich an, nahmen sich Zeit, kleine Küsse und Berührungen auszutauschen, bis sie es irgendwann nach unten schafften, um ihren täglichen Aufgaben nachzugehen.

KAPITEL 24

Später am Abend, als sie ihr Tagwerk verrichtet hatten, wusch Stan sich draußen am Brunnen. Zum ersten Mal seit Jareks Tod pfiff er eine heitere Melodie. Auf seinem Gesicht breitete sich ein Grinsen aus, als er Agnieszkas Silhouette durch das Fenster in der Küche sah.

Trotz des Verlusts seines Beines war er glücklicher als je zuvor in seinem Leben. Alles nur, weil er sie liebte. Und sie ihn.

Dann erschreckte ihn ein ernüchternder Gedanke. Was, wenn sie nicht *ihn* liebte, sondern ihn nur als Ersatz für Jarek benutzte, den Zwilling, den sie damals bevorzugt hatte? Eine ungekannte Eifersucht auf den Mann, der ein Vierteljahrhundert lang sein zweites Ich gewesen war, drohte ihm das Herz in Stücke zu brechen.

Ihm wurde übel, als er sich vorstellte, Agnieszka könnte so tun, als läge sie gar nicht in Stans Armen, sondern in Jareks. Trotz der Tatsache, dass er und Stan sich wie ein Ei dem anderen glichen, war Jarek bei den Mädchen so viel beliebter gewesen. Was vermutlich an seinem umgänglichen Charakter gelegen hatte. Er hatte ein bodenständiges, ruhiges und freundliches Auftreten gehabt. Jarek war immer der Anker gewesen, den der grüblerische, jähzornige, unberechenbare Stan gebraucht hatte.

Er versuchte, sich jeden einzelnen Augenblick mit Agnieszka ins Gedächtnis zu rufen. Hatte sie jemals erwähnt, dass sie Jarek noch immer hinterhertrauerte? Die Unsicherheit trieb ihn in den Wahnsinn und er hastete in den Schuppen, um ein sauberes Hemd anzuziehen, ehe er in die Küche ging.

Sie stand mit dem Rücken zu ihm am Herd und kochte das Abendessen. Er wollte so sehr glauben, dass ihre Liebe ihm galt. Stan.

„Ich muss mit dir reden."

Sie fuhr panisch herum. „Was ist passiert?"

„Nichts Schlimmes." *Vielleicht doch.* „Es ist nur ... erzähl mir von dir und Jarek."

„Jarek? Warum denn das?"

„Ich muss es wissen."

Sie seufzte und schob den Topf an die Seite des Herdes, ehe sie zum Tisch ging und auf einen der Stühle sank. „Das ist so lange her. Ich war sechzehn. Er war mein Held. Gutaussehend, intelligent, freundlich. Ich habe mich heftig in ihn verliebt. Aber das weißt du bereits, du warst ja dabei."

Er beobachtete ihr Gesicht ganz genau, auf der Suche nach verborgenen Anzeichen, dass sie seinen toten Bruder weiterhin liebte. „Ver... vermisst du ihn?", fragte er mit schwacher Stimme.

„Ihn vermissen? Ja."

Stan hielt die Luft an.

„Aber nicht, weil ich ihn noch liebe. Ich vermisse ihn, so wie ich meine Schwester und meine Freunde vermisse."

Er stieß einen erleichterten Seufzer aus. „Dann liebst du ihn nicht mehr?"

Agnieszka sah ihm in die Augen und er hatte das merkwürdige Gefühl, dass sie direkt in seine Seele schauen und seine düstersten Ängste aufdecken konnte. Sie lächelte und legte ihre kleine weiche Hand auf seine. „Wovor genau hast du Angst, Stan?"

„Ich? Ich habe keine Angst."

„Lügner." Sie rieb mit ihrem Daumen über die Haut auf seinem Handrücken.

„Na gut, ich habe Angst. Ich kann nicht mit der Vorstellung leben, dass du mich nur liebst, weil ich so aussehe wie er."

„Ach Stan, Liebster." Sie stand auf und setzte sich auf seinen Schoß. Dann umfasste sie sein Kinn und zwang ihn, ihr in die Augen zu schauen. „Sei doch nicht dumm. Ich liebe dich, weil du Stan bist. Ich gebe zu, dass ich dich anfangs mit Jarek verglichen habe. Aber das hat nach ein paar Tagen aufgehört. Der Jarek, den ich kannte, war ein Junge. Aber du ... du bist ein Mann. Ein wunderbarer Mann." Sie überlegte kurz und fügte hinzu: „Niemand weiß, was passiert wäre, wenn Hitler nicht in Polen einmarschiert wäre und seinen grässlichen Krieg angezettelt hätte. Jarek wäre vermutlich noch am Leben. Aber dann wären weder ich noch du die Menschen, die wir heute sind. Unsere Erlebnisse im Krieg haben uns geprägt, und selbst wenn wir damals nicht gut zusammengepasst haben, bin ich überzeugt, dass wir es heute tun."

Stan hätte bei ihrer wundervollen Liebeserklärung am liebsten geweint, aber da er ein Mann war, unterdrückte er seine Rührung. Stattdessen küsste er sie auf die Lippen und murmelte an ihrem Mund: „Ich liebe dich so sehr."

Er ließ sich Zeit und genoss die Nähe. Langsam wanderten

seine Hände zu ihrer Taille und von dort langsam unter den Saum ihrer Bluse.

„Agnieszka. Liebste", murmelte er, seine Hände auf ihrem flachen Bauch.

„Nicht hier", flüsterte sie mit erhitzten Wangen, die sie noch begehrenswerter machten.

„Niemand wird uns sehen."

„Aber es ist nicht richtig. Wir sollten ..." Widerwillig zog er die Hände unter ihrer Bluse heraus und sie lehnte ihren Rücken an seine Brust. „Wir sollten wirklich nicht ..."

„Sollten was nicht?", fragte er und knabberte an ihrem Ohrläppchen.

Hitze ließ ihren Nacken, ihre Ohren und ihre Wangen erröten, während sie sich auf seinem Schoß wand. „Sollten das nicht so sehr genießen."

Entgeistert hörte er auf und starrte sie an. „Warum um alles in der Welt sollten wir das nicht genießen? Ist das nicht der Sinn der Sache?"

Ihr Gesicht wurde tiefer rot. „Nein, nein, das ist skandalös."

Stan traute seinen Ohren nicht. „Wovon redest du?"

„Es ist nur, dass eine anständige Frau ... diese ganzen Dinge, die wir getan haben ... weißt du ... nicht tun würde und sie würde auf gar keinen Fall ... mit ihrem Mund ..."

„Mir einen blasen?", sagte er, amüsiert von ihrem vollkommen schockierten Gesichtsausdruck.

„Stan, bitte!", zischte sie.

„Ich fand das schön. Sehr sogar."

Nach einem langen Schweigen sagte sie: „Das ist genau das, was ich meine. Ich wurde sehr traditionell erzogen und bisher wusste ich von diesen Dingen nur so viel, dass es die Pflicht einer Ehefrau ist, ihrem Mann im Bett zu gehorchen."

„Die Zeiten haben sich geändert, Liebling." Er streichelte ihre Schultern, in der Hoffnung, ihr die Gewissensbisse zu nehmen.

„Aber es ist nicht richtig."

„Ich verstehe ja, dass du so erzogen wurdest, dass es lediglich eine Pflicht ist, mit einem Mann zusammen zu sein, und nicht etwas, was eine Frau genießt. Aber ich versichere dir, dass an dem, was wir getan haben, nichts Falsches ist. Meinst du nicht, ich genieße es viel mehr, dich zu lieben, wenn du es auch genießt, anstatt nur dazuliegen wie eine Strohpuppe?"

Sie sah ihn zweifelnd an. „Stimmt das? Gibt es da für dich einen Unterschied?"

„Da gibt es einen gewaltigen Unterschied. Ich würde sagen, das ist so, als verglich man halbgare Kartoffeln mit deinem köstlichen Kartoffeleintopf."

„Hmmm", murmelte sie und er konnte sehen, wie die Räder in ihrem Gehirn sich drehten, während sie versuchte, die neuen Erkenntnisse zu verarbeiten.

„Was möchtest du noch wissen?", fragte er und legte seine Arme um sie.

„Hast du das schon mal gemacht? Mit einer anderen Frau?", fragte sie schließlich mit leiser Stimme, die kaum mehr als ein Flüstern war.

Stan nickte. „Bei den Partisanen haben wir über wenig anderes geredet. Es gab immer genug willige Frauen, die sich angeboten haben, aber das war nie Liebe. Es war immer ein Geschäft. Ich hatte keine Ahnung, dass es eine Million Mal schöner ist, wenn wahre Liebe im Spiel ist."

„Dann findest du nicht, dass ich eine Hure bin?", flüsterte sie.

„Du? Eine Hure? Agnieszka, du bist alles, aber nicht das."

Sie lehnte sich zurück und schmiegte sich an seine Brust, aber er spürte, dass sie nicht vollständig beruhigt war.

„Sollen wir zu Abend essen?", fragte er schließlich und sie nickte, stand auf und stellte den Topf wieder auf den Herd.

Wie er sie so beim Kochen beobachtete, hallten Mikos' Worte in ihm nach. Die Judenfeindlichkeit grassierte auch nach Hitlers Selbstmord und Agnieszka war dem schutzlos ausgeliefert. Sowohl seine Freunde als auch Malgorzata hatten die Lösung genannt.

Heirat.

Er hatte sich nie als verheirateten Mann gesehen und er verdiente ganz sicher keine so wunderbare Frau wie Agnieszka. Er konnte ihr nichts bieten, außer seiner Hingabe und seinem Namen. Doch egal wie er es drehte und wendete, es gab nur die eine Lösung, sie zu beschützen.

„Heirate mich", platzte er heraus.

„Was?" Sie ließ die schmutzige Kelle in die Spüle fallen und fuhr herum, ihre Augen weit aufgerissen.

Er ging zu ihr, nahm ihre Hand in seine und sagte: „Ich kann mich nicht hinknien, ich habe keinen Ring und mein Bauernhof wird bald dem Staat gehören. Alles, was ich dir bieten kann, ist mein Name und mein Schutz."

Zweifel blitzte in ihren Augen auf. „Willst du mich heiraten, weil deine Freunde gesagt haben, dass ich den Schutz eines christlichen Ehemanns brauche?"

„Nein. Vielleicht. Also gut, normalerweise hätte ich dir nicht so bald einen Antrag gemacht." Das war schwieriger, als er erwartet hatte. Sollte sie nicht dankbar sein, dass er ihr seine Hand zur Heirat anbot? Dann erinnerte er sich, dass Agnieszka nicht beschützt und unterdrückt werden wollte. Sie wollte auf eigenen Füßen stehen und er hatte ihr für seinen Antrag die falschen Gründe genannt.

„Es tut mir leid. Ich habe versucht, dir die rationale Seite zu erklären, dabei sind meine Gefühle für dich alles andere als rational. Ich liebe dich und ich brauche dich. Bevor du auf meiner Veranda aufgetaucht bist, war ich verloren, trübsinnig und unglücklich. Ich habe mich oft gefragt, ob es sich überhaupt lohnt, noch einen weiteren Tag zu leben."

Sie öffnete den Mund und er legte einen Finger sanft auf ihre Lippen. „Lass mich bitte ausreden. Seit du da bist, hat sich alles verändert. Du hast mir einen Grund zum Leben gegeben. Die Hoffnung, wieder glücklich zu sein. Ich will daran arbeiten, meinen Jähzorn in den Griff zu bekommen und der beste Mann zu sein, der ich sein kann. Für dich. Mein erster Gedanke gilt morgens dir, so wie mein letzter Gedanke, bevor ich abends einschlafe. Und alle meine Gedanken dazwischen." Er lächelte. „Agnieszka Soban, wirst du mich zum glücklichsten Mann der Welt machen und mich heiraten?"

Agnieszka sah ihn an und berührte seine Wange. „Du liebst mich wirklich?"

„Von ganzem Herzen. Bitte sag Ja."

„Ja, ich will dich heiraten. Ich war so verloren, ehe ich herkam. Ich habe nicht geglaubt, dass ich mich je wieder sicher fühlen könnte. Ich war so allein."

„Du wirst nie mehr allein sein, solange ich lebe", sagte er mit bebender Stimme. Er konnte seine Gefühle nicht mehr verbergen, also nahm er sie in die Arme, senkte den Kopf und küsste sie, bis sie beide nach Luft schnappten.

KAPITEL 25

In Agnieszkas Kopf wirbelten die Gefühle und Stans Kuss fügte Schmetterlinge in ihrem Bauch hinzu.

„Stan?", murmelte sie.

„Wollen wir nach oben gehen und unsere Verlobung feiern?" Seine beharrliche Hand hatte sich wieder unter ihre Bluse gearbeitet.

„Schon ... aber ... meinst du nicht, wir sollten erst heiraten?"

Seine Hand erstarrte. „Du willst, dass wir jetzt sofort in die Stadt gehen und heiraten? Wir können hier weitermachen, wenn wir zurückkommen", schlug er liebevoll vor. Die Aussicht, in die Stadt zu gehen, versetzte sie in Panik und sie schüttelte ängstlich den Kopf.

„Dann gehe ich wohl besser und schlafe im Schuppen." Sie konnte ihm die Enttäuschung deutlich ansehen.

„Warte, das musst du nicht ..." Agnieszka war hin- und hergerissen zwischen ihren Gefühlen für ihn und der schuldbewussten Stimme in ihrem Kopf, dass sich so etwas nicht ziemte, solange sie nicht verheiratet waren. Doch wenn sie ehrlich war, wollte sie ihn nie wieder loslassen, die ganze Nacht an seiner Seite schlafen und in seinen Armen aufwachen. „Kannst du nicht mit hochkommen und wir küssen uns nur?"

Er schmunzelte. „Als ob das funktionieren würde. Nein, mein Schatz, meine Erinnerung an das, was passiert, wenn wir uns auf deinem Bett küssen, ist noch viel zu frisch, als dass ich nur eine Sekunde glaube, wir könnten uns zurückhalten."

Sie seufzte. Dummerweise hatte er recht. Zum Teufel mit Traditionen! Es war nichts Falsches daran, den Mann zu lieben, mit dem sie bald verheiratet sein würde.

„Ich will nicht, dass du gehst", sagte sie, ermutigt von ihrer Entscheidung. „Und ich mag es, diese ... Dinge ... mit dir zu tun. Weil ich dich liebe."

Er sah sie erstaunt an. „Bist du sicher?"

„So sicher, wie ich nur sein kann, nachdem ich fünfundzwanzig Jahre lang das Gegenteil eingebläut bekommen habe. Du musst wahrscheinlich noch etwas Geduld mit mir haben", antwortete sie nervös. Das war alles so neu und aufregend. So ganz anders, als sie es erwartet hatte.

„Wir haben unser ganzes Leben lang Zeit." Stan zog eine Grimasse. „Ich würde dich am liebsten in die Arme nehmen und nach oben tragen, wenn ich das könnte."

Ein wundervoll warmes Gefühl breitete sich in ihr aus. „Eine Treppe hochzusteigen ist etwas, was ich ohne Probleme selbst tun kann. Aber nur du kannst mir das Gefühl geben, dass ich in deinen Armen sicher und geliebt bin."

„Also gut, Weib. Du steigst die Treppe allein hinauf und dafür kümmere ich mich den Rest meines Lebens darum, dich zu lieben und zu beschützen", sagte er und gab ihr einen spielerischen Klaps auf den Hintern. „Dann lass uns gehen."

Am nächsten Morgen wachte Agnieszka auf, weil etwas Schweres auf ihr lastete. Sie bewegte sich und stellte fest, dass Stan seinen Arm fest um ihre Taille geschlungen hatte. Mit einem Lächeln auf den Lippen küsste sie ihn wach.

„Aufstehen, du Faulpelz, wir haben zu arbeiten."

Er öffnete gemächlich die Augen und leckte sich über die Lippen, als sein Blick auf ihr Gesicht fiel. „Ist das Arbeit, die wir im Bett erledigen können?"

Sie kicherte. „Nein. Es ist Arbeit, für die du dich anziehen und hinaus aufs Feld gehen musst, sonst haben wir im Winter nichts zu essen."

„Es wäre ein Jammer um deine herrlichen Kurven, wenn wir dich nicht vernünftig verpflegen können", lachte er und rollte auf die andere Seite des Bettes, wo er seine Prothese abgestellt hatte.

Agnieszka fragte sich, ob sie ab sofort jeden Morgen für den Rest ihres Lebens so glücklich aufwachen würde. Nach dem gemeinsamen Frühstück verschwand Stan zur Feldarbeit. Kurz bevor sie sich auf den Weg machte, um ihm das Mittagessen zu bringen, erschien Stan mit Tadzio, Malgorzata und der kleinen Lola auf der Veranda.

„Was hat es mit den vielen Gästen auf sich?" Agnieszka sah ihn misstrauisch an.

„Ich habe versprochen, eine ehrbare Frau aus dir zu machen", lachte er. „Das ist unsere Hochzeitsgesellschaft."

Agnieszka fühlte, wie die Panik in ihr aufstieg, bei der Vorstellung, nochmal ins Rathaus zu gehen, aber Stan nahm sie bei den Schultern und flüsterte ihr ins Ohr: „Hab keine Angst, denn von jetzt an werde ich dich mit meinem Leben beschützen."

Sie war zu Tränen gerührt.

„Bereit? Unser Chauffeur wartet", sagte er und bot ihr seinen Arm an.

„Ja. Lass uns heiraten." Agnieszka fragte sich, was Stan für ein Transportmittel aufgetrieben hatte. Als sie nach draußen ging, wartete dort bereits ein Lastwagen voller Hennen. Kichernd kletterte sie ins Führerhäuschen. Der Fahrer war ein Freund von Stan aus Partisanentagen.

„Herzlichen Glückwunsch. Ich hätte all mein Hab und Gut verwettet, dass keine Frau es schafft, unseren Stan unter die Haube zu kriegen. Seinen Zwilling ja, aber ihn? Jedenfalls freue ich mich für euch beide."

Fünfzehn Minuten später lieferte der Fahrer sie vor dem Rathaus ab und versprach, sie in einer Stunde wieder abzuholen. Der Standesbeamte schien sich nicht sonderlich für das zu interessieren, was er zu beurkunden hatte; er prüfte lediglich ihre Ausweise und unterschrieb dann ihre Heiratsurkunde. „Sie sind jetzt verheiratet."

Nach der nüchternen Zeremonie traten sie als Mann und Frau hinaus in den Sonnenschein.

„Was jetzt?", fragte Agnieszka.

„Da wir noch fünfundvierzig Minuten Zeit haben, bis Dariusz uns wieder abholt, würde ich gern zum Postamt gehen und meinem Bruder ein Telegramm schicken."

Agnieszka starrte augenrollend den verrückten Mann an, der jetzt ihr Ehemann war.

„Was ist falsch daran, ein Telegramm zu schicken?", fragte Stan.

„Nichts. Aber würde Piotr nicht lieber einen Brief bekommen, der alles erklärt, anstatt eines Telegramms, auf dem steht: ‚Habe Agnieszka geheiratet. Stop.'?"

Stan grinste. „Sowas kann nur eine Frau denken. Was gibt es denn da sonst noch zu sagen?"

Agnieszka schüttelte den Kopf und nahm sich vor, in den nächsten Tagen einen ausführlichen Brief mit Einzelheiten über ihre Situation, den Hof, die Nachbarn sowie Polen im Allgemeinen an Piotr zu schreiben. Außerdem wollte sie ihn nach seinem und Jans Wohlergehen fragen und sich danach erkundigen, ob er etwas über den Verbleib seiner Schwester gehört hatte. Sie würde für immer in Katrinas und Richards Schuld stehen, schließlich hatte Richard sie mit einer List, unter großer Gefahr für sein eigenes Leben, aus dem Lodzer Getto befreit und Katrina hatte sie für eine Weile auf dem Bauernhof versteckt.

Als sie wieder nach Hause kamen, erwartete Agnieszka eine riesige Überraschung. Dank der Hilfe, die Stan von Freunden angefordert hatte, waren die Dacharbeiten inzwischen abgeschlossen, und während sie weg gewesen waren, hatten sich ein paar helfende Hände in der Küche zu schaffen gemacht und den Tisch mit köstlichen Speisen gedeckt. Agnieszka verdrückte ein paar Freudentränen, als sie Malgorzata herzlich umarmte.

Malgorzata hielt ihr einen feinen Baumwollstoff entgegen. „Ich weiß, es ist kein richtiges Hochzeitsgeschenk, aber daraus kannst du dir ein Kleid schneidern."

Agnieszka befühlte das weiche Material. „Ach, Malgorzata, es ist wunderbar! Das wäre doch gar nicht nötig gewesen ..."

„Natürlich. Eine Hochzeit ist immer ein Grund zu feiern, und ich gebe es dir gerne. Du bist wie eine große Tochter für mich geworden, und ich bin so glücklich darüber, dass du und Stanislaw zueinandergefunden habt." Mit einem Seitenblick auf ihn fügte sie hinzu: „Jeder Mann braucht eine Frau, die für ihn sorgt, und er ganz besonders. Er ist so viel ausgeglichener geworden, seit du da bist."

Agnieszka lächelte still vor sich hin, bis Stan zu ihr herübersah, sein Blick ein Versprechen für eine wunderbare gemeinsame Zukunft.

„Lasst uns endlich feiern", sagte Stan und öffnete eine Flasche Wodka zum Essen.

Später, als die Gäste gegangen waren, stiegen sie gemeinsam die Treppe hinauf in ihr Schlafzimmer. Agnieszka sah den Mann an, den sie so sehr liebte, und fand endlich den Grund, warum sie überlebt hatte, während so viele andere gestorben waren: Um das Herz dieses wundervollen Mannes mit ihrer Liebe zu heilen.

„Ich liebe dich, Agnieszka."

Sie legte den Kopf in den Nacken und küsste sein Kinn. „Ich liebe dich auch. Danke, dass du mich daran gehindert hast, wegzulaufen."

„Ich werde immer für dich da sein, egal was kommt. Vergiss das nicht."

„Niemals."

Sie schwieg ein paar Minuten, dann begannen ihre Finger, Kreise auf seine Brust zu zeichnen. „Stan?"

„Ja."

„Das ist ein wirklich schönes, bequemes Bett."

Stan grinste. „Ja. Worauf willst du hinaus?"

„Nun, ich habe nachgedacht. Wir sollten vermutlich die Ehe vollziehen. Nur für den Fall. Ich meine, du hast versprochen, eine ehrbare Frau aus mir zu machen, und das hast du bisher versäumt."

„Ach, echt? Ich dachte, dich zu heiraten würde eine ehrbare Frau aus dir machen."

„Nun, sozusagen. Trotzdem würde ich gern wissen, ob es sich anders anfühlt, jetzt wo wir verheiratet sind."

Stan setzte sich aufs Bett und zog sie mit sich, sodass sie beide auf den Rücken fielen. „Nun, das gilt es herauszufinden. Mir ist nur ein Unterschied bekannt."

„Und der wäre?"

„Ich kann jetzt aktiv daran arbeiten, dich zu schwängern. Wie viele Kinder möchtest du?"

„Kinder?", fragte sie mit einem Quieken.

„Ich hätte gern ein kleines Mädchen, das genauso aussieht wie seine Mutter."

Agnieszka fühlte, wie sich eine wohlige Welle der Geborgenheit in ihr ausbreitete. Ihre Beziehung hatte holprig begonnen, aber sie zweifelte nicht daran, dass sie diesen Mann für den Rest ihres Lebens lieben würde. Und er sie. „Ich denke, das würde mir auch gefallen."

„Es könnte eine Weile dauern. Wir müssen hart und beharrlich daran arbeiten", sagte er mit einem Grinsen.

„Ich nehme die Herausforderung an."

Stan begegnete freudestrahlend ihrem Blick. „Mit dir an meiner Seite nehme ich jede Herausforderung an, die sich uns in den Weg stellt."

ANMERKUNGEN DER AUTORIN

Liebe Leserin, lieber Leser,

wenn Sie *Enorme Opfer* gelesen haben, wissen Sie bereits, wie es dazu kam, dass Stan sein Bein verlor und wie er vor dem sicheren Tod gerettet wurde. Ansonsten können Sie das Buch hier bestellen.

Stan und sein Zwillingsbruder Jarek tauchen zum ersten Mal als Nebenpersonen in *Beherzte Rettung* auf. Insbesondere Stan hasst alle Deutschen und kämpft erbittert gegen die Beziehung seiner Schwester Katrina mit dem Wehrmachtssoldaten Richard Klausen.

Trotz seines aufbrausenden Temperaments und seiner oft rüpelhaften Art ist mir Stan ans Herz gewachsen, und ich musste einfach mehr über ihn schreiben. Sein persönliches Happy End mit Agnieszka, die übrigens auch in mehreren Büchern der Reihe *Kriegsjahre einer Familie* mitspielt, kam viel zu kurz.

Ich war fasziniert von der sanften Frau und dem aufbrausenden Mann, deshalb ist dieses Buch etwas anders als meine sonstigen historischen Romane. Es legt den Schwerpunkt auf die Beziehung der beiden und erwähnt kaum die politischen Entwicklungen in Polen, die auch ungeheuer spannend sind und ein eigenes Buch rechtfertigen.

Sie sehen, Ideen habe ich genug ... leider schreibt sich so ein Buch ja nicht selbst. Die Idee ist nur der Anfang, ich schätze mal so 1 % der gesamten Arbeit.

Aber zurück zu Stan und Agnieszka. Es ist heute bekannt, dass die meisten der Überlebenden unter dem einen oder anderen Trauma gelitten haben: Kriegszittern, Überlebensschuld-Syndrom, Minderwertigkeitskomplexe bei Kriegsversehrten. Einiges davon habe ich in diesem Roman aufgegriffen, insbesondere Stans Schwierigkeiten, mit dem Verlust seines Beines fertigzuwerden. Heute würde man ihn in psychologische Behandlung schicken, damals hieß es ‚Augen zu und durch‘.

Der Antisemitismus war auch nach dem Krieg noch sehr präsent. Die Mob-Szene in Lodz ist zwar erfunden, aber die Aussage eines Bürgers, dass Hitler damit richtig lag, die Juden zu vernichten, ist das Zitat eines damals in Lodz lebenden entfernten Bekannten meines Schwiegervaters.

Kaum war der Krieg vorbei, entbrannte ein erbitterter Kampf um die Vorherrschaft in Polen. Die Briten und Amerikaner haben die Polen fallen gelassen wie eine heiße Kartoffel. (Nur ganz am Rand: Die polnischen Jagdflieger durften nicht bei der Siegesparade in London mitmarschieren, um Stalin nicht zu erzürnen.) Stalin hingegen unterstützte die Kommunisten in Polen, die Soldaten der Heimatarmee wurden vom NKWD entwaffnet und bereits Ende März 1945 wurde die Organisation de facto zerschlagen. Falls Sie mal in Warschau sind und mehr darüber wissen wollen, empfehle ich einen Besuch im sehr sehenswerten Museum über den Warschauer Aufstand.

Vielen Dank, dass Sie *Nur die Liebe heilt ein Herz* gelesen haben.

Marion Kummerow

BÜCHER VON MARION KUMMEROW

Liebe und Widerstand im Zweiten Weltkrieg

- Band 1: Unnachgiebig
- Band 2: Unerbittlich
- Band 3: Unbeugsam

Kriegsjahre einer Familie

- Prequel: Gewagte Flucht
- Band 1: Blonder Engel
- Band 2: Dunkle Nacht
- Band 3: Tödlicher Ehrgeiz
- Band 4: Agentin wider Willen
- Band 5: Beherzte Rettung
- Band 6: Tollkühner Aufstand
- Band 7: Enorme Opfer
- Band 8: Bittere Tränen
- Band 9: Enthüllte Tarnung

- Band 10: Glücklich Vereint
- Band 11: Heftige Strafe
- Spin-off: Nicht ohne meine Schwester
- Spin-off: Nur die Liebe heilt ein Herz

Schicksalhaftes Berlin

- Band 1: Eine Zeit des Aufbaus
- Band 2: Eine Stadt der Hoffnung
- Band 3: Ein Spielball der Mächtigen
- Band 4: Eine Fahrt ins Ungewisse

Margaretes Weg

- Prequel: Neugeboren aus der Lüge
- Band 1: Ein Licht der Hoffnung
- Band 2: Am Ende dunkler Tage

KONTAKTINFORMATIONEN

Ich freue mich über jede Zuschrift:

Twitter:
http://twitter.com/MarionKummerow

Facebook:
http://www.facebook.com/AutorinKummerow

Website
https://www.marionkummerow.de